ベリーズ文庫

100日婚約なのに、俺様パイロットに容赦なく激愛されています

藍里まめ

JN031246

STARTS
スターツ出版株式会社

目次

100日婚約なのに、
俺様パイロットに容赦なく激愛されています

宿題とサングラス。意地悪な彼はまさかの自社パイロット

肩下までのストレートの黒髪がシーツに広がる。

仰向けにベッドに下ろされた和葉《かずは》は、驚きと羞恥《しゅうち》の中で上に乗る彼を見つめた。

（こ、この状況って）

いつもは涼しげな切れ長の目が今は熱を帯びたように艶《つや》めいて、隠すことなく大人の色香を全身から醸している。

真顔でじっと見下ろしていた彼は、形のいい唇を薄く開くと、妖艶《ようえん》にペロリと舐《な》めてみせた。

「色気がない？　湯上がりのパジャマ姿で言う台詞《せりふ》じゃないな。惚《ほ》れた女に欲情しない男はいない」

「ま、待って――」

願いは聞いてくれずに唇を奪われた。

今日は初めてのことだらけで心が疲れているから勘弁してほしいのに、無垢《むく》な体まで捧げろと言うのか。

（嫌じゃないけど……）

唇や口内にとろけるような攻撃を受けていると、次第に体のあちこちが疼《うず》きだす。

愛《いと》しい人にもっと愛してほしいという欲求が胸の中で急速に広がり、気づけば和葉の方からも触れたくなって彼の首に腕を回していた。

してやったりと言わんばかりにニヤリとされても、悔しさより愛しさが勝る。

（マズイ、私じゃないみたいに心も体もおかしくなる。この恋は重症かも……）

＊　＊　＊

三つのターミナルを持つ日本の空の玄関口、羽田《はねだ》空港が和葉の職場だ。

国内エアラインで三指に入る航空会社、スカイエアライズに入社して五年目の二十五歳。子供の頃からの憧れだった航空整備士として勤めている。

朝八時十五分。社のロゴマークが大きく背中に入ったグレーのカバーオールを着て、肩下までの黒髪をひとつ結びにし、運航整備部の管理棟のパソコンで担当便をチェックしていた。

（今日担当の一機目は那覇《なは》便だ。この前、ランディングギアに問題があった機体だか

ら、慎重に確認しないと)

ランディングギアとは地上を走行するためのタイヤがついた、いわば飛行機の脚のこと。

和葉の仕事は到着した航空機を次の出発までに点検整備する〝ライン整備〟と呼ばれるもので、これから触れる機体を思い浮かべると胸がワクワクと高鳴った。

このフロアはコントロールルームと言う。

整備に必要な装備品や工具がスチールラックの棚に整然と置かれている以外、一般的なオフィスと大差ない。

鼻歌を口ずさんで無線機や重たい工具箱を取り出していると、隣に同僚が並んだ。

小柄な和葉より頭ひとつ背が高く、見るからに筋肉質で、ツンツンと髪を立たせている彼は浅見《あさみ》。三年先輩の二十八歳で、今日はライン整備の同じチームに入っている。

和葉が新人時代の指導担当だったのも彼で、退勤後にふたりで飲みに行くくらい親しいつき合いをしている。

「金城《きんじょう》はいつもやる気の塊《かたまり》だな。休みたいと思う日はないのか?」

「ないです。休んだら愛しい彼に会えないじゃないですか」

「彼氏ができたのか?」

意外そうな目で見られ、小ぶりな胸を張って答える。

「私に恋人は不要。愛しい彼というのは、もちろん航空機です」

子供の頃から航空機愛は誰より強いと自負している。

ドヤ顔で宣言し、自分ではかっこよく決めたつもりだったのだが、途端に呆《あき》れ顔をされた。

「そういえば新人の頃の自己紹介でも『私の恋人は飛行機です』と言っていたな。キラキラしたあの台詞、しばらく整備部で流行《はや》ったんだよ」

「へぇ、そうだったんですか。私と同じ気持ちの人がたくさんいて嬉《うれ》し——」

「熱血ぶりを笑われていただけだ。整備士に必要なのは知識と技術と責任感。恋愛感情はいらないな」

「異議アリです。過酷な航空業界で働くには、情熱こそ必要だと思います」

航空整備士なら機体に、パイロットや客室乗務員——CAなら空を飛ぶことに恋している はず。

そう信じての反論はスルーされ、足早にドアへと向かう浅見の背を追う。

今日は同じチームなのだから置いていかないでほしい。

すでに朝礼は終わり、準備を整えた整備士から駐機場《エプロン》や格納庫《ハンガー》などの持ち場に向かうところなのだが、そこへ直属の上司である整備部長の声が響いた。

「みんな、少し待ってくれ」

反射的に足を止めた浅見の背に、顔から突っ込む。

「わっ、すみません」

もともと低い鼻がこれ以上低くなっては困るので、つまんで引っ張りながら浅見の横に並んだ。

なにが始まるのだろうと、体格のいい数人の陰から前方を覗《のぞ》き見ると、作業着以外の服装の人が見えた。

濃紺のスラックスとネクタイ、半袖のワイシャツ姿で、肩章は金色の三本線。副操縦士だ。

高身長でスタイルがよく、年齢は三十代半ばと予想したが、ここからだと横顔しか見えない。

（誰？）

自社の副操縦士たちを頭の中に並べたけれど、似た人はいない。

パイロットがなんの用で早朝の運航整備部にいるのかもわからずにいたら、部長が咳払《せきばら》いをして話しだす。

「昨日から羽田に戻られた五十嵐《いがらし》さんより挨拶がある」

続いて響くのは、少し低く爽《さわ》やかで聞き心地のいい声だ。

「忙しい時間にすみません。五十嵐慧《けい》です。スカイエアライズのFOとして四年ぶりに羽田発着便を担当します。どうぞよろしくお願いします」

副操縦士を〝FO〟や〝コーパイ〟と呼ぶ。

「一度辞めて戻ってきたという意味？　そんなことできるんだ」

退職者を再雇用する会社は航空業界に限らず少ないのではないだろうか。

独り言として呟いた疑問に、浅見がヒソヒソ声で答えてくれる。

「うちの社はアメリカの航空会社とパイロットの育成で協定を結んでいるんだ。期間限定の交換ってやつ。俺も詳しくは知らないけど将来有望なコーパイ限定らしい」

多くの経験を積ませて成長させようという狙いなのか、そのような制度があるのを初めて知った。

浅見の情報によると五十嵐は三十三歳で、四年前に異動になったということは一年ほど彼と一緒に羽田で勤務していた計算になる。けれども和葉は当時一年目の新人で、直接パイロットと関わることはなく、顔も名前も記憶にない。

（五十嵐さんの乗る便を担当することもあるだろうから、名前だけは憶えておこう）

一礼して挨拶を終えた彼が誰かを探すようにゆっくりとこちらを向いたので、正面から顔を見ることができた。

高い鼻梁《びりょう》と形のいい唇。涼しげな切れ長の二重に、きりっとした眉の俳優顔負けの美形だ。

黒い髪はビジネス風に整えられた七三分けだが、仕事ができそうな印象を与えるだけで、おじさんくささはない。張りのある前髪が斜めに額にかかっており、誠実で人当たりがよさそうな微笑を口元に浮かべている。

(あれ、どこかで見たような?)

記憶の中からぼんやりとした人影が浮上する。

それが彼と重なった途端、クリッと丸い和葉の目がさらにまん丸に見開かれた。

「あっ!」

初対面ではないと気づくと同時に声をあげてしまい、五十嵐に視線を向けられた。

好青年風の笑みが一瞬だけ崩れ、ニッと口角を上げたあとにすぐもとの顔つきに戻る。

「金城、どうした?」

整備士たちの注目を浴びる中で部長に声をかけられ、焦って首を横に振った。

「い、いえ、なんでもありません」

作業用の手袋をはめた手で顔を隠すも、時すでに遅し。

五十嵐に気づかれてしまった――いや、彼は最初から和葉がここにいるのをわかっていたはずだ。

『スカイエアライズの航空整備士です』

この前、得意げに自己紹介したのは、他でもない和葉なのだから。

(まさか、うちのコーパイだったなんて。どうしよう)

思い出しているのは、三日前の夜のこと――。


整備士は三交代のシフト制で勤務している。

その日、八時から十七時までの早番を終えた和葉は、ひとり暮らしの自宅アパートの最寄り駅を通過して横浜《よこはま》駅で下車した。

空が茜《あかね》色に染まっても八月の外気は蒸し暑く、駅から十分ほど汗をかきながら歩いて、少々古びた商業ビルに着いた。

その四階にある『ランウェイ』という名の店が和葉の行きつけだ。

中に入ると、冷房が効いて心地いい。

さほど広くない店内は壁や天井、棚のいたるところに航空機関連グッズが飾られている。

ここは飛行機好きの集うマニアによるマニアのためのバーで、テーブル席とカウンター席、合わせて二十席ほどの八割方が埋まっていた。

「和葉ちゃん、いらっしゃい」

チョビ髭の似合う四十代のマスターが笑顔で迎えてくれて、カウンター内でドリンクを作りながら目の前の席を勧めてくれた。

すると奥の四人掛けのテーブル席から、常連の男性ふたり組に呼ばれる。

「和葉ちゃん、こっちこっち」

彼らは三十以上も年上だが、居合わせると一緒にテーブルを囲む。

飛行機マニアは年齢や性別に関係なく仲良くなれるのだ。

和葉が座ると、注文しなくても薄黄色のロングカクテルが運ばれてきた。

パイナップルの味がする泡盛ベースのカクテルは沖縄《おきなわ》出身の和葉のためにマスターがメニューに加えてくれたもので、その優しさと故郷の味が心にしみる。

つまみはすでにテーブルに並んでおり、隣に座るマニア仲間がピザとソーセージの盛り合わせを勧めてくれた。

「おつかれさん。仕事のあとは腹が減ってるだろ。これだけじゃ足りないな。マスター、和葉ちゃんになにか二、三品、作ってやって」

「いつもすみません。いただきます」

毎度ご馳走してもらって申し訳ないが、財布を出そうとすれば止められるのでありがたくいただいている。

早速ピザを頬張っていると、テーブルの上に手のひらサイズの金属部品が置かれた。

「これ、なにかわかる？」

「エンジンのコンプレッサーブレードですね。オークションですか？」

「さすが。Ｂ７４７‐４００に使われていたものなんだ。オークションじゃなく知り合いとの物々交換で入手した。ふたつあるから、ひとつあげるよ。整備士の和葉ちゃんは見飽きていらないかもしれないが」

「いります」

食い気味に即答すると笑われて恥ずかしくなる。

彼らも和葉も航空機部品の収集家だ。引退した航空機のパーツが売りに出されることがあり、まだ学生だった頃からアルバイト代をつぎ込んでコツコツと集めていた。

仕事で日常的に機体に触れていても、コレクションはそれとは別の興奮を与えてくれる。この部品がどんな風に活躍して引退したのかと想像しながら、自分だけの宝物をうっとり愛《め》でる時間は至福のひと言に尽きた。

和葉が今住んでいる京急蒲田《けいきゅうかまた》駅近くの１Ｋのアパートはコレクションであふれたためトランクルームを借り、この趣味のせいでいつも金欠だった。

「廃棄のボルトひとつでも勝手に持ち帰れないので嬉しいです。ありがとうございます」

コンプレッサーブレードを手に取り、銀色の表面に入った小さな傷を愛しく見つめているとお返しを求められる。

「それじゃ聞かせてくれよ。今日はどんな飛行機を整備したんだ？」

少年のように期待と興味にワクワクした顔をするふたりに、和葉は担当した機体について守秘義務に引っかからない部分のみ説明する。

いつもそうなのだが、和葉が話し始めるといつの間にか他の客も集まってくる。

顔見知りも初対面の客も話の輪に加わって、和葉を中心とした座談会のようになる。

「へぇ、ＧＥ９０エンジンを搭載しているのはボーイング７７７だけなのか。お姉さん、詳しいな」

見知らぬ中年男性客が感心すると、常連のマニア仲間が赤ら顔で得意げに胸を張る。

「そりゃそうだ。和葉ちゃんは航空整備士として働いているんだから。俺らより飛行機を知っているのさ」

照れくさく思いながらも、和葉も酔っているためつい自慢する。

「入社五年目の一等航空整備士です」

同期入社の整備士の中で、一番先に二種類の航空機の整備資格を取得した。今も他の資格を取得するために勉強中で、自宅にいる時間は教科書を読んでいることが多い。

ここに通うのは息抜きと、寂しさを紛らわすためである。

飛行機を愛する和葉にとって働いている時間は幸せだが、十四人の大家族で育ったため、ひとりぼっちの自宅に帰るとどうしても心細くなる。二十歳で上京した時はホームシックにもかかったけれど、この店で飛行機マニアの仲間と出会ったことで寂しさから抜け出せたのだ。

楽しく二時間ほどを過ごし、お腹が満たされほろ酔い気分で立ち上がる。

明日の仕事に差し支えないよう、そろそろ帰らなければ。

その前に店外にあるお手洗いに行き、戻ってくると、ドアの前に高身長でスタイルのいい男性が立っていた。見かけたことがないので常連客ではない。

ドアガラスから中を覗いていた彼に、斜め後ろから声をかける。

「入らないんですか?」

振り向いた彼は、涼やかな目が印象的な端整な顔をしていた。

黒いデザインTシャツにグレーのストレートパンツというラフなスタイルでも、ハッとするような見目よい男性だ。年は三十代半ばくらいだろうか。

恋愛に興味の薄い和葉でも思わず見惚れるような容姿をしている。

「雰囲気のいいバーがここにあったと思ったんだが、移転したのか、もしくはビルの階数を間違えたらしい」

横浜は久しぶりだから、とつけ足して、和葉が通れるよう横によけた彼にムッとした。大好きな店を侮辱された気がしたのだ。

(その言い方だと、まるでランウェイの雰囲気が悪いみたいじゃない)

口論する気はないが、抗議の意味をこめて真顔で彼をじっと見る。

すると彼の眉根がわずかに寄った。

不愉快そうではなく、和葉の顔になにか疑問を感じているような表情だ。

(な、なに?)

「君は――」

ハッとしたように彼がなにかを言いかけた時、ドアが開いてマスターが顔を覗かせた。

「和葉ちゃん、どうした？」

（あっ、マズイ）

焦ったのは、先ほどの話を彼がマスターにもするのではないかと危ぶんだせいだ。

雰囲気が悪いというような言い方をされたら傷つくと思うので、彼が口を開くより先に和葉が急いで説明する。

「飛行機好きの集まる店だと知らずに来てしまったお客さんです。興味がない方にとっては楽しめないでしょうから、別の店に行ってもらった方がいいですよね」

実際にそのような来店はたまにあり、帰ろうとする客をマスターが引き留めることはない。

和葉は素早くドアの内側に入ると、作り笑顔で失礼な客を追い払おうとする。

「閉めますよ」

しかし彼の片手が素早くドアの縁を掴《つか》み、阻止された。

人当たりのよさそうな爽やかな笑みを浮かべた彼がマスターに言う。

「航空機に詳しくないですが興味はあります。一杯、飲んでいってもいいですか？」

「もちろんです。どうぞ、いらっしゃいませ」

マスターが嬉しそうに店内に招き入れてしまい、ひとつだけ空いていたカウンター席に彼が座った。

(どうして急に入る気になったの?)

和葉が目を瞬かせていると帰る客がいて、彼の隣の席も空いた。

「一緒に飲まないか? 君は航空機に詳しそうだから、俺に教えてくれ」

「えっ……」

「なんだ、人に教えられるほどの知識は持っていないのか」

カウンターに片肘をついてこちらを見る彼が、クッとバカにしたように笑う。

(なめないで。店内の誰より知識量はあるから)

挑戦状を叩《たた》きつけられた気分で勇んで隣に座り、強気な目を向けた。

「私はスカイエアライズの航空整備士です。プロですからなんでも聞いてください」

「へぇ」

この店の大抵の客は、和葉が航空整備士だと知ると驚いてからすごいと褒めてくれるのに、彼の反応は薄い。

(信じていないのかも。それとも馴染みのない職業にピンときていない?)

それならと意気込んで、飛行機がなぜ飛ぶのかという構造の初歩から熱く語ったのだ――。

三日前にランウェイで出会った彼が、今目の前にいる五十嵐だ。

最大限の気まずさを感じ、パイロットの制服姿の彼から視線を逸《そ》らして青ざめる。

(おかしいと思った)

航空機に詳しくないふりをし、和葉に好きなように話をさせていた彼は、グラスビールを一杯飲み終えるとマスターに会計の声をかけてからこう言った。

『なんでも聞いていいと言っていたな。ボーイング777や787のようなジェット旅客機とATR72や42のようなプロペラ機の主翼の形状の違いは？』

『えっ⁉』

(どうしてそんな専門的な質問ができるの？)

戸惑いながら答えたが、さらに詳しい説明を求められて言葉に詰まった。

『え、えーと……』

『航空整備士の試験にも出そうな問題だが。わからないなら次に会う時までの宿題にしよう』

(何者？　無知なふりしてからかう性格の悪いマニア？　まさか同じ業界の人じゃな

いよね……)

あの時の予感は当たっていたが、同じ会社のパイロットだとは少しも思わなかった。

(最初からうちのコーパイだと言ってよ)

このあと、宿題の解答を求められたらどうしようと冷や汗が流れる。

帰宅してすぐに調べたので答えられるが、パイロット相手に初歩から航空機を語ってしまったのが恥ずかしい。

「どうした?」

和葉の様子がおかしいことに気づいたのか、浅見が心配してくれる。

「すみません、背中を貸してください」

思わず浅見の背に隠れたが、部長から持ち場に移動するよう指示が出た。

整備士たちと一緒に五十嵐もコントロールルームを出ていき、声をかけられなかったことにホッとした。

慌ただしさの中で午前の仕事が終わり、昼休憩後に駐機場に戻った。

駐機場とは、ターミナルビルと滑走路の間にあって、乗客の乗り降りや貨物の積み下ろしをする場所のことである。ここがライン整備士のメインの活動場所だ。

長袖のカバーオールにヘルメットを着用した姿で、和葉は真夏の強烈な日差しに耐える。顎先から汗が滴り落ちるが気にする余裕はなく、国内外を就航しているボーイング機に駆け寄った。

福岡《ふくおか》空港を飛び立ち、つい先ほど着陸したばかりのこの機体は、およそ一時間半後に新千歳《しんちとせ》空港に向けて出発する。ライン整備と機内清掃、荷物の搬入をすませて搭乗が開始されるのは、離陸の三十五分前だ。

限られた時間で安全運航のための準備をするのだから真剣そのものである。

まだ冷めてもいない巨大な左右のエンジンをライトと特殊なミラーを使って異常がないか確認し、無線でチームリーダーに報告する。

それを終えて頬についた煤《すす》と汗を拭うと、ふたりのパイロットがこちらに向かってくるのが見えた。この便の操縦を担当する機長と副操縦士だ。

パイロットは乗務前に必ず外部まで機体を目視で点検する。

通常業務だというのに和葉は慌てて彼らに背を向け、さりげなく尾翼の方へ逃げた。

(五十嵐さんが乗るんだ。気づかれていないよね?)

和葉が担当している箇所の点検はすんでいるが、まだ終わっていないふりをして尾翼をチェックする。

するると後ろから「おい」と不満げな低い声で呼びかけられ、肩をビクつかせた。

恐る恐る振り向くと、呆れ顔の五十嵐が腕組みをして立っていた。

「なぜ逃げる?」

気まずいからに他ならないが、首を横に振って言い訳する。

「マニュアル通りの作業をしていただけで、逃げていません」

「へぇ。確認を終えたと無線で報告していたように聞こえたのは気のせいか」

(うっ、バレてる)

「宿題をやっていないからかと思ったのだが」

「ち、違います」

腕時計を確認した五十嵐が、「二分」と会話のリミットを決めて解答を求めてきた。

緊張しつつもバカにしないでという思いで調べた内容を口にする。

今度は合格点をもらえるはずだと自信を持っていたのに、厳しい採点をされた。

「五十点だな」

「えっ」

説明不足を指摘した彼は正解を教えてくれたが、五年ほど整備士として勤めている
和葉でも難しい。

「わかったか？」

「はい」

毎日教科書を開いていても勉強不足だったと自覚し、軽く頭を下げた。

「この前はえらそうに語ってすみませんでした」

パイロットだと教えてくれなかったことに意地悪さを感じたが、ともに羽田で働く以上、波風を立てたくない。

すると意外にも、彼からも謝られる。

「俺の方こそすまない。騙《だま》すつもりはなかったんだ。ただ、ちやほやされるのが苦手で、あの店で職業を口にしたくなかった」

飛行機マニアの集う店でパイロットだと明かせば、囲まれてもてはやされる。

和葉は愛する航空機について存分に語れるのが楽しいが、そうでない人もいて当然だ。

「そうだったんですか」

悪気はなかったと知り、気まずさが解けたように感じたが――。

「時間切れだ」

背を向けた五十嵐がクッと笑った。

「またいつか、君の講釈が聞きたい」

（えっ、どうして？）

ライセンスを持っている機種についてなら誰より熟知しているはずのパイロットに、一体なにを教えろというのか。

疑問の声は漏らさなかったのに、去り際にからかうような返答がある。

「目を輝かせて航空機を語る君は面白《おもしろ》かった」

ランウェイでなにを語ったのかというと、タイヤに入っているのは窒素で、燃料タンクは主翼の中にあり、窓はガラスではなくアクリルでできている——そのような彼にとってはわかりきった話だ。

どんな気持ちで聞いていたのかが今わかり、遠ざかる背中を見つめながら顔をしかめた。

（面白がっていたなんて、やっぱり意地悪だ）

なるべく関わらないようにしようと思いつつ、これから彼に操縦される機体を哀れんだ。

五十嵐がパイロットだと知った日から十日ほどが経《た》った。

和葉は四十分後に出発する福岡便のコックピットにいて、機長席に座っている。

四百近い数のスイッチやレバー、計器のディスプレイが正常に作動するかを確認するためだ。

「まだ終わらないのか？」

コックピットに入ってきた五十嵐に淡白な口調で問われる。

この便に乗務する副操縦士は彼で、整備が遅いという意味だと捉えてムッとした。

「間もなく終わります。お待たせしてすみません」

十二時二十分発、福岡行きに使用する予定だった航空機に不具合が見つかり、急《きゅう》遽《きょ》、機材変更となった。

もちろん彼もそれを知っているはずで、整備士やグランドハンドリングのスタッフたちが走り回って準備に追われているのだから労ってくれてもいいのにと不満に思う。

（浅見さんは五十嵐さんをいい人だと言っていたけど、納得いかない。いい人なのだとしたら、私にだけ態度が違うということだ。見くびられているのかも）

パイロットは乗務した機体に気になる点があれば、整備士に知らせる義務がある。

その際に、ちゃんと整備しろとばかりに高慢な言い方をするパイロットもいれば腰の低い人もいて、浅見いわく五十嵐は後者なのだそう。

『安心して飛べるのは整備士の皆さんのおかげです。いつもありがとうございます』

不具合の報告にそのようなお礼の言葉をつけてくれるから、いい人だと評価しているらしい。

そういう態度は以前からで、アメリカに発つ前の彼を知る他の整備士たちも好感を持っているようだ。

「終わりました」

不満が少々声に表れてしまったが、すまし顔で席を立ち、狭いコックピット内で場所を譲る。

「安全第一なんだから、スケジュールにもっと余裕を持たせてよ」

準備に時間がかかっているのは和葉のせいではない。それなのに急かされたので、思わず独り言ちると、副操縦士席から淡々と言い返される。

「安全運航は大前提の上で、この運航スケジュールが現状最善とされている。そうである以上、俺たちがすべきなのは文句を垂れる前にベストを尽くすことじゃないのか?」

コックピットから出ていこうとしていたところだったが、計器の離陸前チェックを始めた彼に振り向いて唇を噛《か》む。

「すみませんでした」

「不服そうな声だな」

他のパイロットに言われたなら殊勝な態度で反省しただろう。

けれども彼が相手だと、なぜか素直になれない。

（五十嵐さんの評判に納得していないせいかも）

整備士からの高評価だけではない。

最近、女子更衣室内では彼の噂《うわさ》話が持ちきりで、嫌でも耳に入る。

恵まれた容姿に加えパイロットとしても優秀で期待されている彼は、当然のことながら女性人気が高い。

アメリカに発つ前に、ＣＡふたりが彼を巡《めぐ》りオフィスで激しく争ったという逸話もあるそうだ。結果は両者ともフラれ、ひとりは退職に追い込まれたという。

ＣＡたちのはしゃいだような声がまだ頭から離れない。

『四年前よりさらにかっこよくなってるよね。優しいのは前からだけど、硬派な感じも加わって。歓迎会を企画したのに断られて残念』

『彼女はいないのかな？』

『いないよ。本人は答えてくれなかったから、同期のコーパイに確認した』

『ちょっと、みんな目がマジなんだけど。抜け駆けなしでいこう』

五十嵐の彼女の座を狙っていそうなCAたちの会話を思い出すと、ツッコミを入れずにはいられない。

（異議アリ。硬派かどうかは知らないけど、どこが優しいの？　私には逆なんですが）

ランウェイと十日前、そして今の三回しか五十嵐と話していないが、和葉には意地悪だ。

「不服ではありません。その通りだと思っています」

（ただ、あなたに言われるとカチンとくるだけ）

言葉にしなかった気持ちを目に込めると、天井パネルのスイッチに手を伸ばしていた彼の視線がこちらに流された。

パイロットに喧嘩《けんか》を売って得はない。大人の対応を取らなければと思ったが、負けたくない気持ちが勝って視線をぶつけ返してしまう。

するると、真顔だった彼がフッと口元を緩めた。

「その目、変わらないな」

「えっ」

（どういう意味？）

「気にするな」

なぜか雰囲気を柔らげた彼がおかしそうに言う。

「夢中で航空機を語る顔もよかったが、怒り顔もいい。整備中の真剣な目も。他の表情も見てみたくなる」

「なっ――」

(なに言ってるの？ こういうことを平気で女性に言うからモテるのかも)

どこが硬派なのかと呆れたが、意に反して頬が勝手に熱くなる。

小柄で丸顔、やや童顔。目はくっきり二重だが、鼻ぺちゃなのでプラマイゼロ。

自己評価として中の下くらいの容姿をしているので、男性からこんな風にからかわれたことはない。

中学生の時に小型機の操縦ライセンスを持っていた担任教師に憧れて以来、恋したこともなく、恋愛経験がないに等しいため、どんな返しをしていいのかわからなかった。

背もたれに片肘をのせた彼が、こちらの反応待ちをしているかのようにじっと見つめてくるので、動揺して視線を逸らした。

からかわないでと怒りたくなるのをこらえ、冷静にと自分に言い聞かせて言葉を探す。

「CAさんが五十嵐さんを優しいと言っていました。整備士の先輩もいい人だと。でも私に対してはそうじゃありませんよね？　どちらが本当の五十嵐さんなんですか？」

「円滑な運航のために人間関係は良好に保ちたいと思っているだけだ」

「私に対してだけ意地悪なのは、良好である必要がないと思っているからですか？」

「意地悪？　勉強熱心な君に協力したつもりでいたが、そう思わせていたなら謝る。むしろ君のようになりたいと憧れているのだが」

ジャンボジェット機を操り大空を飛べる人が、一介の航空整備士のなにに憧れるというのか。

和葉の疑問を深めただけの彼は体勢を戻すと、手慣れた様子であちこちのスイッチを入れていた。

「可愛《かわい》いから構いたくなる。そう思っておけば？」

フッと笑っているので、やはりからかっているのだろう。

（もういい。この人に振り回されるのは時間の無駄）

そう思ったが、会話を切り上げる前にひとつだけ文句を言わせてもらう。

「職場で『可愛い』と言うのはやめてください。ひとりの整備士として見られていな

「負けん気が強いな。了解。ライン整備士として君を信頼しているのは信じてくれ」

(どうだか)

彼に背を向けると、コックピットの入口にもうひとりのパイロットが現れた。

金色の五本線の肩章をつけた、四十代後半のベテラン機長だ。

「ご苦労さん。整備報告はチームリーダーからお願いします」

「はい。終わった？」

邪魔にならないよう急いでコックピットを出て短い階段を駆け下りる。

着いた先はキャビンで、二百以上の座席の間を十人ほどのCAが行き来し、搭乗前の準備をしていた。他の整備士はキャビンの点検を終えてすでに外に出ているようで、作業着姿でここにいるのは和葉だけである。

CAたちは紺色のジャケットとスカートを素敵に着こなし、華やかなスカーフを襟《えり》に巻いている。

その顔ぶれを見た途端、苦いものを食べたように顔をしかめてしまった。

(嶺《みね》谷《や》さんだ……)

太めにアイラインを引いた迫力ある目元のスタイルのいい女性だ。

挨拶以外で言葉を交わしたことはないが、和葉は彼女から嫌われていると感じている。

『女性が珍しい職種は得だよね。女というだけでチヤホヤしてもらえるもの』

明らかに和葉に対してと思われる陰口を、更衣室で耳にしたことがある。

他社では女性整備士が増えてきたそうだが、スカイエアライズでは和葉ひとりだ。

実際に、機長が労いの言葉をかけてくれたり、力仕事で上司や同僚から気を使われたりする場面がある。和葉としては適材適所で女性の強みを生かすのなら納得できるが、特別扱いされたくない。周囲からの配慮に悔しく思う時もあるのに、一部の女性社員の目には調子に乗っているように映るらしい。

過去に二度、会社を通じて女性整備士の仕事に密着するという内容のテレビ取材を受けたのも原因かもしれない。

(直接なにかされるわけじゃないから、悪口くらいスルーできるけど)

強がりを心に呟いて、逃げるように出口へと急ぐ。

すると和葉に気づいた嶺谷が、大きめの声で同僚に呼びかけた。

「ねぇ、急に機械油くさいね」

「どこか汚れてる?」

「わかった。原因はメイクだ。一部では黒いファンデーションが流行っているんだって」

クスクスと笑うふたりの会話を聞いて頬を拭うと、手の甲が黒くなった。

オイルや煤で汚れるのには慣れていても、バカにされると悔しい。

するとキャビンの奥の方から凛《りん》とした声がする。

「搭乗開始まで時間がありません。無駄なお喋《しゃべ》りはしないでください」

「はい、すみません」

嶺谷たちに注意したのはチーフパーサーの堂島美玲《どうじまみれい》だ。

チーフパーサーとはCAを取りまとめるキャビンの責任者で、美玲は最年少の二十七歳でその地位にいる。

艶やかな黒髪をひとつにまとめ、すっきりとした面立ちの長身美人の美玲は一目置かれた存在だが、同時に妬《ねた》まれてもいた。父親が同社の乗務員室長を務める機長なので、親の七光りで出世が早いというやっかみを聞いたことがある。

陰口を叩かれているという状況が同じだからか、美玲は和葉を気にかけてくれる。

『気にすることないわ。自分が正しいと思うなら胸を張って仕事しましょう』

悔しくて唇を噛んでいた時に、彼女がかけてくれた言葉は忘れられない。

美玲の方に振り返ると、彼女は少しも悪くないのに両手を小さく合わせて『ごめんね』と口を動かしている。

いい人もいれば苦手な人もいるのは、どこでも同じ。

笑みを返して気にしていないと伝えた和葉は、足早に降機した。

＊＊＊

十二時二十分発、福岡便は急な機材変更があったものの迅速に準備を終えてオンタイムで搭乗が開始された。

五十嵐は間もなく離陸するコックピットにいて、左隣の機長席に御子柴《みこしば》が座っている。

柔和な面立ちの四十六歳で面倒見のいい気さくな上司なのだが、その会話運びは少々面倒くさい。しかし優れた操縦技術と判断力は尊敬しており、五十嵐がパイロットに成り立ての頃の指導者でもあった。ペアを組んだ回数は他の機長に比べて圧倒的に多く、羽田に戻ってからだとこれが三度目だ。

ディスプレイの指示通りに数値を設定した五十嵐は、隣に声をかける。

「チェックリスト　イズ　コンプリート」

「エンジンスタート」

「ラジャー」

機体がゆっくりと動き出し、管制官と無線でやり取りしながら滑走路に向かう。

副操縦士になるべく多くの経験を積ませるという御子柴の方針から、離陸時の操縦桿を握るのは五十嵐だ。

機長に昇格するには国家試験や社内審査を数年かけてクリアする必要があり、五十嵐は間もなくその時期に入る。

総飛行時間が八千ほどで昇格試験を受けるパイロットが多い中、七年目の五十嵐は五千六百時間ほどで試験を受けるよう命じられた。パイロットとして優秀だと評価されており、アメリカの航空会社に出向を命じられたのも会社からの期待の表れだろう。

五十嵐自身も自信を持っているのだが、操縦技術や知識とは関係ない問題で欠点を自覚していた。それは改善しようがなく、自分では〝パイロットの資質に欠ける〟と長年悩み続けている。

『Cleared for take off』

管制官から離陸の許可が出され、機体を滑走路に走らせる。

真夏の太陽が輝く快晴の空に、三ノットの微風。好条件が揃ったフライトだ。

タイヤが地面を離れた時、同期入社の副操縦士との昨日の会話をふと思い出した。

『離陸の瞬間が好きなんだ。これから空を飛べると思うと今でも心が躍る。ＦＯに成り立ての頃とそこだけは変わらない。五十嵐は？』

『俺は――』

自分の場合はどうなのかを答えられず、話題を逸らした。

少しも共感できないという本心を明かしたくなかったからだ。

肉体的精神的に限界を感じるまでパイロットを続けるつもりだが、同僚たちのように操縦を楽しめない。安全に乗客を目的地に運ぶという使命感や責任感があるだけで、空への憧れはなかった。

それが胸に秘めている〝パイロットの資質に欠ける〟という意味だ。

なんの問題もなく既定の航路に入り、眼下に南アルプス山系や富士山《ふじさん》が見えてくると、御子柴が軽い口調で話しかけてくる。

「お前と組むのは気が引ける。名前に嵐が入っているせいか大気が不安定になるからな」

出発前のオフィスで気象庁から出される詳細な天気図は確認済みだ。レーダーにも危険な雨雲の反応はない。

「このフライトで天候の不安はありませんが」

「そういう意味じゃない。ほら、四年前のキャビンクルーのあれだよ。また女心をもてあそんで、乱気流に巻き込むなよ」

ＣＡふたりが五十嵐を巡ってオフィス内で掴み合いをした過去の件を持ち出し、からかっているようだが、もてあそぶとは心外だ。

仕事上の相談があると言われふたりきりで食事に行ったのは反省点だが、あくまでも職場の仲間として親身に話を聞いてあげただけだった。

ふたりのうちのどちらにも特別な感情はなかったというのに自分の知らないところで取り合いにされ、ひとりが自主退職という結果になった。その件があって以降は、たとえ集団での飲み会であっても女性職員からの誘いは断っている。

（そういえば、あの子も職場の仲間か）

思い出しているのは和葉の顔だ。

社内の女性とプライベートで会わないという誓いを破り、一緒に飲んでしまったことに今気づいた。

四年ぶりに帰国したばかりのあの日、中華料理が食べたくなって横浜で食事をし、近くに静かで雰囲気のいいバーがあったのを思い出してあの店に行った。ところが賑《にぎ》やかな声が廊下まで漏れていて、ビルの階数を間違えたと思った時に和葉に声をかけられた。

『入らないんですか?』

彼女の方は見覚えがない様子だったが、五十嵐は同じ会社の航空整備士だと知っていた。しかし新人だった四年前の姿しか見たことがなかったので、和葉だと気づくまでに少々時間がかかった。

あの店のマスターが名前を呼んだことであの子だと確信した途端、再会の喜びに突き動かされ、飛行機マニアの集う店で飲むことにしたのだ。

(雰囲気が大人びたように思うが、航空機への情熱は変わっていない)

和葉を初めて見たのは四年前の格納庫内だ。

格納庫とは大型旅客機がすっぽりと収まるほど巨大な倉庫で、その中で解体整備や点検、修理が行われている。

その日の勤務終わりに五十嵐は、翌日に乗務予定の機体が気になってわざわざ格納庫まで足を運んだ。

すると白いヘルメット姿の整備士たちの中に、黄色いヘルメットの小集団がいた。

初々《ういうい》しい新人たちは先輩整備士を前にひとりずつ自己紹介しているところのようで、近くを通ると可愛らしい女性の声がした。

『金城和葉、二十歳です。生まれは沖縄で、那覇空港に向かう飛行機を子供の頃から浜辺で見ていました。私の恋人は飛行機です。大好きだから整備士になりました』

彼女は堂々としており、飛行機が恋人だと冗談で言ったわけではないようだ。

皆が一斉に吹き出して笑ったが、五十嵐はハッとした。

巨大な機体を見上げる彼女の瞳は希望に満ちあふれて輝き、整備士になった純粋すぎる理由に胸打たれた。

（羨《うらや》ましい）

空を飛ぶことに喜びのない自分より、彼女の方が航空業界に必要な人材に思えた。

次に和葉を見かけたのは三か月後の駐機場だ。

五十嵐が乗務前の機体を点検しに行くと、和葉が指導担当の整備士になにかを訴えているところだった。

『補助動力装置の音がいつもと違います』

『そうか？』

『私は一昨日も昨日もこの機体で勉強しています。絶対に違います』

『俺には異常音には聞こえない。直前に乗務していたクルーから不具合の報告もなかったが』

『でも――』

怒っているようにも見える真剣な顔。引き下がるわけにいかないという気概が伝わってきた。

しかしいくら主張しても、指導者が異常なしと判断したならそれで終了だろう。

頑張っている和葉を気にしながら機体のチェックを終えコックピットに入ると、彼女の指導担当の整備士から無線が入った。

『コックピット、応答願います』

『はい、五十嵐です』

『整備の浅見です。補助動力装置に不具合の可能性があります。ディスプレイのエラー表示を確認してください』

新人の主張を伝えてきた彼と、指導者が根負けするまで食い下がっていた和葉に驚いた。

『エラーなし。計器はすべて正常値です』

『そうですよね。お手数おかけし――あ、こら!』

浅見の慌てる声のあとに、和葉の真剣な声が聞こえた。

『ライン整備の金城です。どうしても気になるのでスポットでエンジンをかけていただくことはできませんか？』

補助動力装置はエンジンの始動を補助するためのものだ。エンジンがかからなかった場合、機材を交換しなければならず、確認するなら搭乗前の方がいい。それを考えての提案に感心した。

『その方がいいとこちらも判断します。キャプテンに連絡します』

結果として補助動力装置に異常はなくエンジンがかかり、オンタイムで搭乗も開始された。

今頃、和葉が叱られていないかと気になった五十嵐は、キャプテンの許可を取って一度外へ出た。

すると案の定、搭乗橋《ボーディングブリッジ》のかかったスポットの端で、管理職のライン整備士から叱責されている最中だった。新人がパイロットに直接物申すとは前代未聞で、立場をわきまえろというような注意が聞こえた。

これは落ち込むに違いないと心配したのだが、彼女は強気な視線をぶつけて言い返していた。

『新人が直接パイロットと話してはいけないのでしたら今後はそうします。ですが、異常があると思った時は、結果として間違っていたとしてもリチェックさせてください。私たちは最後の砦《とりで》なんですよね？』

離陸前の最終点検をするライン整備士を〝最後の砦〟と呼ぶ人もいる。

彼女は一人前ぶりたかったわけではなく、使命感と責任感からコックピットに進言したのだろう。

叱責されていたらかばってあげようかと思い外に出てきたが、意志の強そうな目を見ると、いらぬ心配だったとわかった。

声をかけずにコックピットに戻った五十嵐は、ホノルルに向けて飛び立ったあともしばらく和葉の目が頭から離れなかった。

(たった三か月の新人整備士なのに使命感は一人前以上だ。彼女のような整備士がいてくれたら、安心して飛べる)

そして数日後、復路便で羽田に戻ってから、補助動力装置の件で、スポットでエンジンをかけるという判断が妥当だったと考えるという報告書を提出したのだ。

(先ほど俺に向けてきた強気な目は、あの日と同じだった)

仕事への情熱は新人の頃のままのようだが、変わった点もある。

コックピットを点検するには機種ごとに社内試験に合格する必要があるはずで、四年間の彼女の努力と成長が感じられた。

和葉に思いを馳《は》せていると、まるで心を読んだかのように御子柴にからかわれる。

「今度は整備士にしたのか？」

ＣＡたちの争いの火種になってしまった過去の件を持ち出し、『また女心をもてあそんで』と言ったのは、和葉を指してだったようだ。

眉根を寄せて隣を見ると、ククッと笑う御子柴が日差し避けのサングラスをかけている。

「そのような言い方をしないでください」

「いや、仲よさそうだったからさ」

出発前のコックピットで和葉と話していたのを聞かれていたようだ。

他の整備士とは業務上の会話しかしないから、彼女は特別だと思われても仕方ない。

「そういう関係ではありませんが、気をつけます」

「別にやめろとは言っていない。俺も若い頃は結構モテたんだ。お前ほどではないが」

「恋愛事に巻き込まれるのはこりごりなので」

「それなら結婚すればいい。俺は結婚した途端にキャビンクルーからモテなくなった。

それだけは残念だ」

御子柴の冗談を真に受けたわけではないが、それもいいと考えた。

羽田に戻ってからというもの、これといった用もないのに女性職員が声をかけてくる。同じ職場なので冷たくするわけにいかず、しかし脈アリだと思われては困るので対応に困る。

その煩《わずら》わしさから抜け出せるなら結婚を考えてもいいが、相手がいない。

そう思った直後、また和葉の顔が頭に浮かんだ。

(再会してからというもの、頻繁にあの子について考えてしまう。好きなのか?)

仕事への熱意は羨ましく、航空整備士としての彼女を信頼し尊敬もしている。

社内の飲み会には行かないが、和葉とならもう一度、乾杯したいと思えた。

(愛情は信頼と尊敬から生まれると、以前聞いた気がする)

テレビ出演の識者が言ったのか、雑誌に書かれていた言葉なのかは忘れたが、ふと思い出していたら御子柴に指示される。

「目を守れ」

地上より近い太陽から強烈な日差しがコックピットに差し込んでいた。

(眩《まぶ》しい)

彼女に対して感じるこの気持ちは、はたして恋愛感情なのだろうか。

サングラスをかけた五十嵐は、安定飛行の中で意識の十パーセントほどを自分の心に向け、冷静に分析する。

(手に入れたい。そう思うということは、俺はあの子に惚れているんだろう)

惹《ひ》かれたのは四年前で、バーで再会した途端にその気持ちが蘇《よみがえ》り、日増しに強まっている。

情熱的に輝く瞳が魅力的で、強気で純粋な性格が気持ちいい。

顔を見てもっと話したいと感じる女性は和葉だけだ。

自分の一途さに気づいて感心したあと、わずかに眉を寄せた。

和葉相手に正攻法で交際を求めても、断られる予感しかしないからだ。

(飛行機が恋人か。恋愛には興味が薄そうだ。さて、どうするか……)

＊＊＊

退勤の十七時に近づくと、早番の整備士たちは片づけに入る。

格納庫にいる和葉も残りの作業を遅番の整備士に引き継いでから、工具のひとつひとつを布で拭いて工具箱に戻していた。

工具を手入れする時間も好きなのに自然と頬が膨らむのは、低音ボイスのからかいが頭の中をリピートするせいだ。

『可愛いから構いたくなる。そう思っておけば？』

(からかってバカにしているんだ)

悔しいけれど、本心を明かせば少しだけ嬉しい。

ファッションやメイクに興味がなく、女子力が低いのは自覚している。

そんな自分がモテる副操縦士に可愛いと言われたら、どこがどんな風に？と気になった。あの日は帰宅後に鏡の前で色んな表情を作り、確かめてしまったほどだ。

けれども意地悪な彼に対し喜んでは負けだと思うので、少しも嬉しくないと自分に言い聞かせている。

(しばらく会わないからよかった)

五十嵐は今ホノルルにいて、復路便が飛ぶのは明日だ。

国際線の乗務のあとは二日ほど休みか自宅でのスタンバイになるはずで、その間は意識する必要がないのになぜか彼の顔がチラついて嫌になる。

人から聞いた彼のフライトスケジュールが頭から離れないのも悔しかった。

（どうして五十嵐さんのことを考えてしまうの？）

いい印象を持っていないが、抜群のスタイルや凛々《りり》しさと美しさをあわせ持った顔はかっこいいと思う。

（見た目だけね）

航空機を飛ばせる知識や技術を持っている点は尊敬する。

（パイロット全員に対しての尊敬だから）

『安全運航は大前提の上で、この運航スケジュールが現状最善とされている。そうである以上、俺たちがすべきなのは文句を垂れる前にベストを尽くすことじゃないのか？』

和葉のボヤキに対して正論で返された時はムッとしたが、今思えば彼はただ自分の意見を述べただけだ。本心ではないのに適当に同調する人より誠実に思えた。

職務に対しては真面目で、真摯《しんし》に操縦桿を握っているのが想像できる。

近いうちに機長への昇格試験を受けるという噂もあり、合格すればスカイエアラインズでは最年少機長になるそうだ。

（からかってくるけど、パイロットとしては優秀な人。ＣＡさんたちが騒ぐのもわかる――）

「私は少しも興味がないけど！」

工具の最後の一本を拭きながら心の声が漏れてしまい、慌てて周囲を見る。

すると後ろで同じように片づけている浅見と目が合った。

「なんの興味？」

「ええと、その、一般的に女性はパイロットが好きなのかという……」

「それはそうだろ。ハイスペックで高給。モテないはずがない」

「ですよね」

浅見は首を傾《かし》げており、なぜ和葉がそんなことを考えていたのかと不思議そうだ。

「ちょっと思っただけなので気にしないでください」

苦笑してごまかそうとしたら、浅見がクスリとする。

「女性整備士もモテると、後輩から聞いたばかりだが」

誰がそんなことを言うのかと驚いた直後、赤面した。

（それってもしかして、私のこと？）

ここ三か月ほど、早番の朝の通勤電車内で声をかけてくる男性がいた。しつこく連絡先を聞かれて困っているので、今朝は会わずにすんでホッとした——という話を今日の朝礼前に浅見にしたばかりで、モテ自慢のように受け取られていたのかと慌てる。

「モテるとは言っていません。その人だけなので。ほとんどの男性にとって私は恋愛対象外です。パイロットの女性人気が高いのとは違います」

ＣＡから熱視線を注がれる五十嵐と自分は同類ではないと否定して、ふと思う。

「モテたくてパイロットを目指す人もいます？」

平気で和葉に『可愛い』と言える五十嵐は、女性を口説くのに慣れていそうな気がした。パイロットになったのが不純な動機だったら残念だ。

「いるかもしれないが、邪念しかないやつはエアラインのパイロットにはなれないだろ。資格を取得するまでの道のりは険しいから、きっと耐えられず脱落する」

「それならいいんですけど」

数分おきに聞こえる離着陸音。格納庫のシャッターは開放されており、大空へと飛び立つ航空機を浅見が眺めている。

「飛行機が恋人だという金城の言葉を借りるなら、パイロットの恋人は空だろうな。実を言うと俺、整備は好きだが乗るのは苦手なんだ」

「高所恐怖症ですか？」

「そこまでではないけど、高層ビルのエレベーターもできれば乗りたくない。だから飛ぶことを仕事にしているパイロットはすごいと思う。よほど空が好きなんだろう。

好きじゃないと続けられないだろ。俺たちも」

「それは、よくわかります」

不規則な勤務で天候に大きく左右され、人の命を預かっているのが航空業界だ。重圧や責任に押しつぶされないよう強い気持ちが必要で、もちろん体力もいる。好きでなければ続けられないだろう。

和葉が巨大な機体に胸を躍らせるのと同じように、パイロットも空を飛ぶことに憧れてこの業界に入った。そう思うと意地悪な五十嵐にも親近感を覚えた。

気分をよくした和葉は重たい工具箱を提げて浅見を誘う。

「帰りにランウェイに行きませんか？」

今日は航空機について語りながら、いつも以上に美味《おい》しくお酒を飲めそうな気がする。

「なんで滑走路に？」

「違いますよ。私の行きつけのバーです。忘れました？」

「ああ、前に一度連れていかれた横浜の店か。遠慮しておく。あそこは色んな人に話しかけられるから落ち着かない」

「それが楽しいのに」

そういえば五十嵐もランウェイが苦手そうな言い方をしていた。

彼がパイロットだと知った時は焦ったが、気づかずに飲んでいた時間は結構楽しかったと思い、無意識に口角が上がっていた。


作業着からTシャツと七分丈パンツに着替えた和葉は、横浜駅で下車した。

日没前の繁華街を通り、商業ビルの四階に上がってランウェイのドアを開ける。

カウンター内で忙しそうに立ち動くマスターが笑顔を向けてくれた。

「和葉ちゃん、いらっしゃい。まだ席があってよかったよ」

「一席だけ。今日は一段と盛況ですね」

テーブル席から常連客が手を振ってくれたけど、空いているのはカウンターの端の席のみ。

いつもの仲間と一緒にテーブルを囲めず残念だが、店が繁盛するのはいいことだ。

カウンター席に腰を下ろした和葉は、忙しそうなマスターを見て注文をためらう。

すると隣の客からロングカクテルを差し出された。

「どうぞ」

「えっ」

「泡盛のパイナップルジュース割り。和葉さんはいつもこれだよね。そろそろ来ると思って、先に注文しておいたんだよ」

(どうして湯崎《ゆざき》さんがこの店に⁉)

驚く和葉の目に映るのは、湯崎という名の三十歳の男性だ。早番の出勤時に羽田空港線の電車内でよく会うと浅見に話したのは、彼のことである。

やや長い前髪がかかった細い目に、中肉中背。日光を吸収しそうな黒いノーカラーのシャツとズボン姿で、会うたびいつも同じ服装をしている。

彼と初めて話したのは、三か月ほど前の電車内だ。

女性航空整備士の仕事に密着するというテレビ番組の取材を受けたあとのことで、湯崎はその放送を見たらしい。

『スカイエアライズの金城和葉さんでしょ？　テレビを見てかっこいいと思ったんだ。俺も飛行機が好きで、空港で働きたかったな』

突然声をかけられて驚いたけれど、その時は飛行機好きな人に褒められて嬉しく思った。

しかしその喜びは、何度も電車内で顔を合わせるうちに違和感に変わった。

いつもと違う車両に乗った時も、遅刻しそうで電車を一本遅らせた時も、湯崎がいたからだ。

断っても連絡先をしつこく聞いてくるので困る。

朝の電車内でしか会わないのでストーカーとまでは思わなかったのだが、ランウェイで待ち構えられていたことでその可能性を感じた。

(もしかして、ランウェイで会えると思って今朝は同じ電車に乗らなかったの？　ここにいるのは絶対に偶然じゃない。この店で会ったのは初めてなのに、私の好きなカクテルを知っていたくらいだもの……)

いつのことかはわからないが、和葉のあとをつけてこの店の常連だと知ったのだろう。和葉が今日あたりここへ足を運ぶと読まれていたのだとしたら、生活パターンを把握されていることになる。

距離を縮めようという思惑を察して、隣から向けられる粘性のありそうな視線とストーカーじみたその行動に恐怖を覚えた。

(美人なCAさんならわかるけど、私を狙う物好きがいるなんて。どうしよう。用を思い出したと言おうか)

帰りたいけれど、あからさまに避けて不機嫌にさせるのも怖い気がして、すぐに席を立てない。

昨日、なにげなくテレビで見たストーカー事件の報道を思い出し、他人事ではないと肌が粟立《あわだ》った。

「遠慮はいらないよ。今夜は僕の奢《おご》りだからどんどん飲んで。つまみも頼んであげる。その代わりと言ってはなんだけど、今度の日曜は予定を空けておいて」

「その日は仕事が――」

「早番が六日続いたあとは夜勤で、その翌日は休みだよね。和葉さんのシフトパターンはわかってる。ジャンク市があるんだ。そういうの好きでしょ？」

デートの約束をしようとしている湯崎に焦る。

冷や汗をかきつつどうやって断ろうかと頭をフル回転させていると、カウンターの内側からマスターにロングカクテルを差し出された。

「和葉ちゃん、いつものドリンクでよかったかな……あれ、そのグラスは？」

同じカクテルがすでに和葉の前に置かれているので、マスターが目を瞬かせている。

「ああ、そうか。湯崎さんに出したカクテルか。知り合いだと思わなかった。今日は待ち合わせていたの？」

和葉が違うと否定する前に、湯崎がすかさず答える。

「そうです。和葉さんの分だと先に言えばよかったですね。新しい方は僕が飲みますのでここに置いてください」

マスターは納得した様子で湯崎の前にグラスを置いた。

その直後に店のドアが開いて新しい客が来店し、マスターは満席だと伝えにカウンターを離れた。

助けを求められずに焦るが、湯崎は笑顔でデートの話に戻る。

「待ち合わせは面倒だから自宅まで迎えに行くよ。京急蒲田駅から近いアパートだよね。青い屋根で二階建ての。なにかあった時のために連絡先も交換しよう」

ズボンの後ろポケットから携帯を出されて青ざめる。

（自宅まで知られているなんて。この人、怖い……）

膝に置いていたショルダーバッグに湯崎の手がかかった。

外側のポケットに入れていた携帯を取られそうになり、さらに焦る。

「やめてください！」

大声で拒否したその時、後ろから伸ばされた誰かの手にサッと携帯を奪われた。

驚いて振り向いた和葉の目が、さらに丸くなる。

ラフなTシャツ姿でもファッション雑誌から飛び出してきたようにかっこいい五十嵐が険しい顔をして立っていたからだ。

つい先ほど、満席だからと入店を断られていた客は彼だったらしい。

「どうして五十嵐さんがここにいるんですか⁉」

国際線に乗務した彼はホノルルで一泊しているはずで、復路便を操縦して戻るのは明日の予定である。

「飲みに来たら悪いのか？」

なぜ驚かれるのかわからない様子の彼は、軽く言い返してから湯崎に鋭い目を向けた。

「嫌がる相手の連絡先を聞き出そうとするな」

「誰だよ。話に入ってくるな。和葉さんは照れているだけで嫌がっていない」

負けじと言い返した湯崎だが、自分より長身で力もありそうな五十嵐にたじろいでいるのは隠せない。

湯崎の言い分が合っているのかと言いたげな目で見られ、和葉は慌てて首を横に振った。

「少しも照れていません。連絡先を教えたくありませんし、勝手に出かける約束をされても困ります」

先ほどまでは怖くて言えなかったが、今は味方を得た気分できっぱりと断ることができた。

逃げるように椅子を立って五十嵐の横に並び、さらに非難する。

「ランウェイにいて驚きました。私のあとをつけてここを知ったんですよね？ 時間をずらしても通勤電車内で会うのもおかしいですし、自宅まで把握されて怖いです。ストーカー行為はやめてください」

「僕がストーカー？」

少しも自覚がなかったようで、湯崎がショックを受けた顔をしている。

「店で知り合ったマニア仲間かと思ったが違うのか」

五十嵐の声がさらに低くなり、和葉の腕を引いて背中に隠した。

（えっ……？）

守ろうとしてくれる彼に驚き、不覚にも胸が高鳴る。

広い背中はバランスよく筋肉がつき、Tシャツ越しでもたくましさが伝わる。ストーキングされるのも初めてなら、こんな風に異性に守られた経験もなく、どう反応したらいいかわからない。

店内はBGMが大きく聞こえるほど静かだ。

異変に気づいた客たちがこちらを見ており、マスターが駆け寄ってきた。

「和葉ちゃんと待ち合わせていたというのは嘘《うそ》ですか。湯崎さん、今日のお代はいらないので出ていってください。二度とうちの店には入れません」

出禁を言い渡したマスターに同調するように、常連客たちも口々に非難の声をあげる。

「節度を守れ。数年前から知り合いの俺たちでも連絡先は聞かないぞ」

「和葉ちゃんを困らせるな」

五十嵐の背後から覗くと、湯崎が動揺した様子で椅子から立ったところだった。

助けを求めるような視線を向けられ、肩をビクつかせた。

「電車内で僕と楽しく話していたじゃないか」

「テレビ放送を見たと言ってくれた最初だけです。そのあとは待ち伏せされているとわかって怖かった。お願いですから、もう私の前に現れないでください」

「なっ……。和葉さんに会うためにどれだけ努力したと思っているんだよ。羽田までの電車代も結構かかっているのに。ひどいだろ！」

「きゃっ！」

和葉へと伸ばされた湯崎の手を五十嵐が叩き落とした。

「やめろ。断られてもつきまといをやめないなら警察に相談するぞ」

睨《にら》み合っていたふたりだが、数秒して湯崎が先に目を逸らした。

迷っているような顔を見る限り、どうやら和葉への執着はこれまで彼が築き上げたものを捨ててもいいほどではないようだ。

「わかったよ……」

舌打ちして投げやりに呟いた湯崎が逃げるように退店した。

すると拍手が沸き、強い緊張から解き放たれた和葉は大きく息をついた。

「五十嵐さん、ありがとうござ――」

「いやぁ、焦ったな」

和葉のお礼より大きな声は常連の中年男性ものだ。

テーブル席から笑顔で近づいてきて、五十嵐の背中を軽く叩く。

「和葉ちゃんを守ってくれてありがとう。ところで君、見ない顔だけど、ふたりは知り合い？」

「はい。スカイエアライズのコーパイの五十嵐さんです」

深く考えずに紹介してしまい、五十嵐に横目で睨まれた。

案の定というべきか、目を輝かせた常連客たちが集まってくる。

「エアラインのパイロットに会うのは初めてだ。五十嵐さん、よろしくな」

「操縦桿を握れるとは羨ましい。奢るから、ぜひ話を聞かせてくれよ」

(こういうのが苦手だと言っていたのに、ごめんなさい)

首をすくめて顔の前で両手を合わせると、彼が嘆息した。

「すみませんが、またの機会に。急用ができたので今日はこれで失礼します」

(そうなんだ。助けてくれたお礼に私も一杯、ご馳走したかった。残念)

一歩壁際に下がってドアへの進路を空けたのに、彼に手首を掴まれて目を瞬かせた。

「えっ?」

「え、じゃない。急用はお前のことだ。自宅まで知られているんだろ? 引っ越し先を探しに行くぞ」

「今からですか⁉」

不動産屋の閉店時間を気にしているのかもしれないが、急すぎる。

しかし問答無用で店から連れ出され、エレベーターを降りてビルの外へ出た。

日が沈んでも、店の照明や車のヘッドライト、外灯で辺りは明るい。

タクシーに乗ると言って駅の方向へ爪先を向けた彼を止める。

「あの、いい物件があっても今すぐ引っ越しはできません」

「危機感が足りない。諦めるようなことを言っていたが、油断させておいて家の前であの男が待ち伏せている可能性もある。ひとりでは絶対に帰るな。引っ越しまではホテル泊にしろ」

自宅アパート前で湯崎に声をかけられるのを想像するとかなり恐怖だが、引っ越しもホテル泊も和葉には無理だ。

「そんなお金、ないです。費用を貯めてからじゃないと引っ越せません」

「貯金がまったくできないような給与じゃないだろ？」

「航空機のジャンク部品をコレクションしているんです。三百点ほど持っていて、大きなものはアパートに置けないからトランクルームをふたつ借りています。お金がかかる趣味なんです」

ジャンク市に行けば、一期一会だからと愛する航空機部品たちを無理して買いあさる。オークションでは負けず嫌いを発動させ、予算オーバーな落札額をつけてしまう。

しかしマニア仲間は給料を注ぎ込む熱意を褒めてくれるし、五十嵐も同じ業界に勤めているのだからこの航空機愛をわかってくれるだろう。

常に金欠な理由を明るく話したところ、蔑《さげす》むような顔をされた。

「航空機バカだと思っていたが、ただのバカだったたか」

「ひどっ。やっぱり五十嵐さんは、私にだけ意地悪ですよね？」

「そう思うならそうなんだろ。行くぞ」

再び手首を掴まれ、引っ張られるようにして駅の方向へ進む。

「不動産屋に行っても、引っ越し費用がないという私の話を聞いていました？」

「ああ。行先変更で俺の家に行く。腰を落ち着かせてストーカー対策を考えよう」

（五十嵐さんの家……。興味本位で少しだけ覗いてみたいけど、どうしてそこまでしてくれるの？）

意地悪なのか親切なのかわからない人だと思ったが、このまま自宅に帰れないのも事実のため、彼の提案に乗ることにした。

タクシーに揺られること五十分ほどして麻布《あざぶ》に建つ高層マンション前に着いた。

1Kアパート暮らしの自分が足を踏み入れていいのかと思うほどセレブ感が漂っている。さすが高給のパイロットだ。

「何階建て？　雲まで届きそう」

首をのけ反らせるようにして見上げていると、エントランスに向かう彼の呆れ声がする。

「二十五階建て。高さは百メートルほどか。雲底は地上から二千メートルほどだぞ。

雲まで届くわけないだろ。早く来ないと置いていくぞ」

「あ、待ってください」

エレガントな雰囲気のロビーにはカウンターがあり、コンシェルジュの女性が笑顔で会釈してくれる。

和葉も頭を下げ、庶民ですみませんという気持ちでエレベーターに乗り込むと、彼が二十一階のボタンを押した。

「ひとり暮らしですか？」

「ああ。警戒しているなら先に言っておく。女を部屋に連れ込むという意識は少しもないから安心しろ」

「そ、そんな心配していません。もし誰かと一緒に住んでいたら、その人の迷惑になると思ったんです」

和葉も一応、年頃の女性なので、そんなつもりはないと言っても彼の恋人からしたら家に入られたくないだろう。

「誰かとは交際相手のことか？」

「そうです。五十嵐さんなら、いますよね？」

「もうずっとひとりだ。恋人が必要だと感じなかったからな」

「そうですか……」

彼ならきっとアメリカでも女性に言い寄られていたのではないだろうか。

それなのに長年、恋人がいなかったとは少々驚いた。

（嫌そうな顔をしてるし、モテすぎて恋愛にうんざりしているのかも。私には一生わからない悩みだ）

「おじゃまします」

仕事用と思われる黒い革靴が一足だけ、黒大理石が敷かれた玄関に置かれていた。

廊下を進んで突きあたりの部屋に通されると、そこは単身用とは思えない広々としたリビングが広がっている。

紺とライトグレーでまとめられたスタイリッシュな家具がモデルルームのように置かれており、座面が広い三人掛けのソファは座り心地がよさそうだ。

きれいに片づいているが、クリーニング屋のビニールがかかったパイロット制服が壁にかけられ、ソファ前のローテーブルには空のコーヒーカップが置かれたままになっているので生活感はある。

パイロットの自宅なら航空関係の小物や写真などが飾られていそうな気がしたが、小物を置くのが好きではないのか実用的なインテリアだ。

「適当に座ってくれ。コーヒーでいいか？　他は水しかない」

「お構いなく。あ、でもコーヒーはミルクと砂糖多めでいただきます」

好みを伝えてソファに座ると、お腹がグウと鳴った。

恥ずかしさに顔が火照《ほて》り、聞こえないふりをしてくれることを期待してそっと振り向く。

後ろのアイランド型キッチンでは彼がコーヒーマシンの電源を入れており、気遣いのない言い方でしっかり指摘される。

「腹まで鳴らして、なにがお構いなくだ」

「仕方ないじゃないですか。お昼を社食で食べて以降、なにも口にしていないんです」

ランウェイのつまみを夕食にするつもりだったのに、食べる前に店から連れ出したのは五十嵐だ。

「外食が多いから食材がほとんどない。期待しないで待ってろ」

（ご馳走してくれるの？）

思わぬ優しさに目を瞬かせてソファで大人しく待っていると、コーヒーと耳がついたままのサンドイッチが出された。

六枚切りの食パンをすべて使ったようで、大皿に山のように積まれている。

「ありがとうございます。でもこんなに食べられません」

「俺も食べるから」

「そうですか。いただきます」

中はどれもハムとチーズだ。シンプルだけど食材の質がいいからか、想像よりずっと美味《おい》しくてパクパクと食が進んだ。

(意外と面倒見がいい人なのかも)

食パン二枚分のサンドイッチがお腹に収まり、甘いコーヒーを飲んでホッとひと息つく。

「どうするか……」

隣に座る五十嵐が、ひとつ残ったサンドイッチの皿を見て考え込んでいる。

「私はもうお腹いっぱいです。美味しかったです。ありがとうございました。残りは五十嵐さんが食べてください」

「サンドイッチの話はしていない。金がないと言っていたが、実家に頼めないのか?」

「無理ですね。うちの両親なら引っ越すほどのことじゃないと言うに決まってます。のん気な性格なので」

県民性なのか家族全員のんびりした性格で、焦るのは大型台風で家中の窓ガラスが割れた時くらいだ。しつこい男性がいると言えば、『東京《とうきょう》ではモテるのか。よかったな』などと喜ばれそうな気さえする。

楽観的すぎる家族を思い浮かべ、思わずため息をついた。

「それなら引っ越し費用が貯まるまでの間、居候をさせてくれそうな友人はいないのか？」

地元には泊めてくれそうな友人が何人かいるけれど、東京にはいない。

飛行機マニアの仲間とはランウェイ以外で会わないし、職場の親しい同僚は男性ばかりで頼みにくい。

五年も東京にいるのに交友関係が狭いと気づいて恥ずかしくなる。

「同性の友人は東京にいません……」

「わかった。それなら俺が費用を出すから引っ越せ」

「貸してくれるんですか？　金利は？　借金が十日で倍になったら困ります」

「俺は闇金業者か。引っ越し代くらい援助してやる。返さなくていい」

「遠慮します。ただより高いものはないと言いますから」

飛行機マニアにご馳走してもらうのとわけが違う。

無償で援助をしてもらったことでこの先ずっと頭が上がらず、からかわれてもなにも言い返せないのは嫌だ。

「引っ越さなくてもきっと大丈夫ですよ。十分に気をつけますので」

今すぐ住まいを変えられないのなら、不安を膨らませても仕方ない。

五十嵐にも心配を解いてもらおうと明るく言ったのに、むしろ眉間の皺《しわ》を深められた。

「数日後、ニュースになっていないといいが」

「怖いこと言わないでください」

模様のない白いカップに口をつけた彼が、一点を見つめて黙り込む。

コーヒーを飲む仕草がまるでドラマのワンシーンのようだ。

(イケメンは七難隠す。そんな言葉なかったっけ？　なにをしてもかっこいいのはズルい)

しばらくしてカップを置いた彼が、視線をこちらに流して口を開いた。

「部屋は余っている。引っ越し費用が貯まるまでの間、ここに住むか？」

「へっ……？」

予想外の提案に、間抜けな声を漏らしてしまう。

真顔なので冗談ではないようだけど、その解決策に行きつくまでの気持ちが理解できない。

(私たちは友達じゃない。同じ会社に勤めてはいるけど業種は違うし、仕事上の接点も濃くはない。そんな私にどうして部屋を貸せるの？　乗りかかった船という心境？)

ありがたい申し出なのかもしれないが、数回話しただけの浅い関係で一緒に暮らすというのは考えられない。

「彼女でもないのに、それはちょっと……。お気持ちだけありがたくいただきます」

なぜか不愉快そうに眉根を寄せられたが、これ以上心配されては困るので笑って流し、すぐに話題を変える。

「そういえば、五十嵐さんはどうして日本にいるんですか？　昨日、ホノルル便の乗務だと聞きましたけど」

今日はホノルルステイで、復路便が飛ぶのは明日だと思っていた。

それ以降は二日ほどのオフかスタンバイで、しばらく会わないはずだった。

「昨日は桃園《とうえん》便だが」

「台湾《たいわん》ですか？」

台湾桃園国際空港までは三時間半ほどのフライトなので、午前中の便ならステイはなく、日帰りだ。長距離の国際線のような扱いにはならない。

「誰に聞いた？」

「御子柴キャプテンです」

御子柴が乗務する機体を整備していると、声をかけられた。

『天気図ではハワイの空も快晴だ。今頃、五十嵐は真っ青な空と海を見ながら気持ちよく飛んでいるんだろうな。ああ、向こうは夜だった』

整備中の機体についてならわかるが、なぜ和葉に五十嵐の話をするのかと不思議に思ったのだ。

「御子柴キャプテンの勘違いだったんですね」

「いや、わざと誤情報を伝えたんだろう」

五十嵐がため息をついた。

「どうしてですか？」

「会えないと思えば会いたくなる。それが乙女心だ。覚えておけよ」

「はい？」

「今日は福岡便だったが、乗務前にオフィスでそう言われたんだ。その意味が今わかった。どうやら御子柴キャプテンは俺たちをくっつけようとしているらしい」

説明されても首を傾げるばかり。

五十嵐が和葉を気に入って御子柴に相談していたならわかるが、まさかそれはないだろう。先ほど『恋人が必要だと感じなかった』と聞いたばかりでもある。

御子柴は他の機長より気さくな印象だが、業務以外で言葉を交わしたことはなく、名前も覚えられていないと思っていた。それなのに、なぜ和葉が五十嵐の相手とされたのか、宇宙の起源並みに理解できない。

ポカンと口を開けている和葉の顔が面白かったのか、彼がクスリとした。

ソファに背を預けて頭の後ろで手を組みながら、御子柴について話してくれる。

「あの人はＦＯをからかう癖《くせ》があるんだ。この前は、女性に構われたくないなら結婚すればいいと言われた。コックピットでお前と話したことがあっただろ。それを見て俺が気に入っていると思ったんだろうな。実際、その通りだが」

「そうだったんですか――えっ⁉」

〝気に入る〟というのはどういう意味だろうか。

(女性として、ではないよね。整備士としてか、からかいがいがあるというような意味かも)

モテるイケメンパイロットの恋愛対象には絶対に入らない自信がある。

それでも勝手に鼓動が高まり、落ち着こうとしてコーヒーカップに口をつけた。

動揺しているのが丸わかりだったらしく、面白がっているような目をする彼が背もたれの縁に片腕をのせて体ごとこちらを向いた。

「御子柴キャプテンの思惑通りになるのは癪《しゃく》だが、それがベストだろう」

「それって、なんですか……？」

なんとなく嫌な予感がして緊張しながら問うと、一拍置いて驚く提案をされる。

「俺と交際してここに住めばいい。セキュリティーの高いこのマンションなら、たとえ湯崎に居場所を突き止められても侵入はされない」

「こ、交際と同棲⁉　冗談ですよね？」

「本気だ。お前がさっき言ったんだろ。交際関係にないから同居はできないと」

「言いましたけど、ニュアンスが違います。彼女でもないのに部屋を借りるのは申し訳ないと――いえ、そこはもうどうでもいいです。私は仕事のことで頭がいっぱいで今のところ恋愛は考えられないですし……ええと、その、聞きにくいんですけど、そもそも五十嵐さんは私が好きなんですか？」

真顔で黙る彼に見つめられ、もしかしてという予感に鼓動が急加速した。

（仕事が楽しくて恋をする気がなかったから、突然告白されても困る。でも……）

湯崎から守ってくれた時は不覚にも胸がときめいた。

今後、彼を好きになる可能性はどれくらいあるかと考えたが、答えが出てこない。

（どうしよう。考える時間をもらわないと返事ができない）

しかし緊張しながら待っていたら、肩すかしを食らった。

「仕事への熱意には感心している」

「つまり、恋愛感情はないということですか？」

「そこにこだわるな。俺たちの交際にはお互いにメリットがある。お前はストーカーから、俺は言い寄ってくる女性社員から逃げられる」

さっきまでのときめきはどこへやら。

モテすぎるという悩みを、和葉を使って解決しようとしている彼に顔をしかめた。

「私を恋人に仕立てて、盾にしようというのですか？」

「言い方が悪い。お互いにお互いに相手を守るという契約だ」

「私じゃ守れませんよ。一部のＣＡさんに見下されていますから。逆に喜ばれそうです」

これまで女性社員との間に壁を作っていた彼が和葉を恋人にしたら、職場恋愛アリだと示しているようなものだ。女子力の低い和葉からなら簡単に奪えると思われそうで、これまで以上に誘われるのではないだろうか。

自分では恋人役に不適格だと説明して立ち上がる。

「ごちそうさまでした」

ときめきを返せという腹立たしい気持ちで帰ろうとしたのだが、手を引っ張られてソファに腰を戻した。

「まだ話は終わっていない」

いつも操縦桿を握っている大きな手は少し硬くて力強く、反射的に顔が熱くなる。

「ただの恋人ではなく婚約関係にあることにしよう。俺に言い寄れば不倫になる。まともな考えの女性は諦めるはずだ」

「嘘の婚約なんてしません。気持ちがないのにおかしいです」

「それなら俺を好きになればいい。その時は本当に婚約、要は結婚してもらう。心配せずとも必ず惚れさせてやる」

(惚れさせてやる……?)

女避けの盾として利用するために、和葉の気持ちまで操ろうとしている彼にムッとした。セレブでどんなに容姿が優れていても、そんな考えをする人を絶対に好きにならないと言い切れる。

感情的にならないよう気をつけつつも、キッと強気な視線をぶつけた。

「自信過剰ですよ。すべての女性があなたに興味を持つと思わないでください。私は絶対に惚れません。私の恋人は航空機ですから」

（あ、また言ってしまった。これを言うとバカにされるとわかっているのに）

新人の頃の自己紹介の言葉が、しばらく整備部で流行ったと浅見から聞かされた時は恥ずかしかった。

（どうせ五十嵐さんも笑うんでしょ？）

負けまいと強気な視線をぶつけたが、彼は少しも笑わずに眩しそうに目を細めた。

予想外の反応に戸惑っていると、こちらのメリットを追加される。

「期限を設けよう。そうだな……百日後、十二月の初旬までだ。その間にお前が俺を好きにならなければ婚約解消。慰謝料代わりに新しい住まいを保障するから引っ越せばいい。それでどうだ？」

（なにそれ、すごい好条件）

注目されている彼だから婚約すれば噂は一気に広まり、落ち着かない日々が始まるだろう。

しかし百日くらいなら耐えられる。

婚約解消後は安心安全な引っ越し先でジャンク部品に囲まれ、楽しく暮らすのだ。

こちらが無償で援助してもらうわけではないので、今度は取引に応じる気になれた。

「契約します」

喜びを隠せず口元を緩めてしまう。

得した気分の和葉を見ても彼は呆れず、むしろホッとしているような顔をしていた。

冷めたコーヒーを飲み干した五十嵐が呟く。

「手放す気はないが」

「なにをですか？」

「いや、なんでもない。気にするな」

立ち上がった彼はテレビボードの上にあった車のキーを掴むと、リビングのドアへ向かう。

「和葉の家に行くぞ」

「えっ」

初めて名前で呼ばれて鼓動が跳ねる。

彼の方はいたって平静な顔をしており、このくらいで驚いてしまった自分が悔しい。

婚約したのだから当然だと自分に言い聞かせ、動揺を隠して問い返す。

「私、しばらくここに住むんですよね？」

「なんの用意もなく泊まれる女だという自己紹介か？」

「あ、そうでした。明日の着替えはいります。携帯の充電器と教科書も。試験を控えているので勉強しないと」

愛用のコスメやヘアアイロン、可愛いパジャマにお気に入りの香水。そんな女性らしい返事ができないことに苦笑しつつ、和葉は大きな彼の背を追いかけた。

茄子とドライバー。恋が滑走路を走りだす

翌朝八時。肩下までの黒髪を適当に結わえ、カバーオールに着替えた和葉は慌ててコントロールルームのドアを開けた。

整備部長が整備士たちの前に進み出て、これから朝礼が始まる。

ぎりぎり遅刻せずにすみ、急いで作業着姿の同僚たちの中に紛れ込んだ。

機材変更やインシデント報告を聞きながら、今朝の寝坊を反省する。

(今までより通勤に時間がかかるとわかっていたのに。五十嵐さんが起こしてくれなかったら、完全に遅刻だった)

昨夜は彼の車で和葉のアパートまで行き、数日分の衣類と洗面用具、布団などを積んで戻った。

与えられたのはリビングと彼の寝室の間にある洋間で、遅い時間となったためシャワーを浴びたあとはすぐに就寝。

今朝は六時に起きる予定で携帯のアラームをセットしていたのだが、時間になっても起きられなかった。

五十嵐は今日、十一時出勤で社内スタンバイなのだそう。

ゆっくり寝ていられるはずだったのに、断続的に鳴り続ける和葉のアラームで起こしてしまった。

『いい加減に目を覚ませ！』

和葉の部屋に踏み込んできた彼に怒られて、一瞬で眠気が吹き飛んだ。

（目覚めたらすぐイケメンって心臓に悪い）

だらしない寝顔や色気のないパジャマ姿を見られたと、恥ずかしがっている暇はなかった。

布団をはぎ取られて盛大に驚いたあとは、超速で身支度を整え、家を飛び出した。

（顔を洗って着替えただけ。いつもは一応メイクをしているけど、今朝はそんな暇もなかった。雑な女だと思われただろうな）

和葉を『気に入っている』と言った彼だが、ひと晩でその発言を撤回したくなったのではないだろうか。

（恋愛関係にあるわけじゃないから、まぁいいけど）

朝礼が終わり、今日担当する便を確認して、駐機場へ出る準備をした。

重たい工具箱を提げ、コントロールルームを出て通路を進んでいると、隣に浅見が並んだ。

「おはようございます。今日は別のチームですね。浅見さんの昼休憩は何時からですか？」

時間が合うなら一緒に社員食堂に行きたいと思ったのだが、まったく関係ない話をされる。

「金城が高級外車で出勤したという噂を聞いたぞ」

「そ、それは……」

（情報が伝わるの早すぎでしょ）

今までは電車だったが、湯崎の待ち伏せ回避のため車通勤に変えるよう五十嵐に言われ、彼が所有しているドイツ製の高級車を貸してくれた。

広い空港内での移動に社用車を使っているため運転には慣れている。遅刻するかという焦りはあったものの、音質のいい洋楽を聞きながらの通勤は爽快だった。

快適な住まいとリッチな車を提供してくれた彼に感謝している。

ちなみに彼は会社からチケットが支給されているため、いつもタクシー通勤なのだそう。数百人の乗客乗員の命を預かるパイロットの特権だ。

「知り合いにしばらく車を借りています」

噂を認めた和葉に浅見の眉根が寄る。

「気軽に借りるなよ。傷をつけたらどうする。外車は取り寄せになるから部品代が高いぞ」

「私も心配だったんですけど、貸主が手厚い保険に入っているから、壊しても賠償は求めないと約束してくれました」

「どんな貸主だよ。騙されていないか？」

「大丈夫です。浅見さんも知っている人ですよ」

五十嵐の名前を出していいのか少し迷った。

契約での和葉の役割は、彼の女避けだ。そのためには婚約の噂を広めなければいけないが、誰にどのように話すのかという詳細まではまだ相談していない。

しかし浅見に話していけないことはないだろう。新人の頃からお世話になっている浅見には、噂になってからの報告では失礼に感じた。

「聞いてほしいことがあるんです。ひと言では言えないので、のちほど時間がある時にお願いします」

（さあ、楽しい仕事の始まりだ）

運航整備部の管理棟から出ると、滑走路に向かってくる他社のエアバス機が上空に見えた。

五十嵐との契約については一旦頭の隅に避け、仕事モードに気持ちを切り替える。

愛する航空機が待っていると思うと胸が高鳴り、やる気に瞳が輝いた。


忙しさを楽しみ夢中で整備をしていると、あっという間に昼休みになる。

今日は早めの十一時半からの昼休憩で、管理棟の一階にある社員食堂で浅見と隣り合って座った。

五列の長テーブルに向かい合わせの椅子が六十ほど並んでいて、作業着姿の整備士ばかり二十人ほどが定食やカレーライス、麺類などを食べていた。

混んでくるのはこれからだろう。

和葉はアジフライ定食で、浅見は冷やしたぬきうどんとお握りを食べている。

揚げたてサクサクのフライに、酸味がほどよく利いたタルタルソースをたっぷりとつけて頬張りながら、昨日ランウェイで五十嵐に会った話をした。

「五十嵐さんもあの店の客だったのか。知らなかった」

「たぶん二度目です。一度目も偶然会ったんですけど、間違えて来店したようでした。飛行機マニアの店だと知って嫌そうだったのに、なぜかまた来たんですよね」

「金城がいるのを期待して？」

「まさか、それはないです」

即答で否定したが、その可能性もあると思い直して頬が熱くなった。

(私と飲みたくて自宅から遠いのにランウェイに……？　うーん、それは違うか。気に入っているとは言われたけど、女性としてではないし。勝手に想像して照れるのはやめよう)

「理由はわかりませんけど、五十嵐さんが来店して助かったんです。あの時はストーカーに携帯を奪われそうだったので。本当に怖かったです」

湯崎の粘性のありそうな視線と一方的な話し方を思い出し、鳥肌が立った。

長袖の腕をさすると、浅見に申し訳なさそうな目を向けられる。

「俺が一緒に行けばよかった。誘いを断ってごめん。通勤電車内で声をかけられる話を聞いていたのにな。ストーカーだとまでは思わなかったんだ」

「浅見さんのせいじゃないです。まさかランウェイで待ち伏せられていると思いませんでしたし、私も危機感が足りなかったので。でも自宅の場所まで知られていて、引っ越した方がいいと五十嵐さんに言われたんです」

「その方がいいな」

一旦、言葉を切った和葉は皿に残ったタルタルソースをご飯にかけて食べきり、濃いめの味噌汁《みそしる》を飲み干した。

浅見は麺を食べ終えて、汁をごくごくと飲んでいる。

暑さの厳しい屋外で働いているので、体が塩分を欲するのだ。

十二時に近づくと食堂内はどんどん人が増えてきて、隣の席が埋まった。

向かい側はまだ空いているが、周囲の混み具合を気にして声を落とす。

「それでですね、引っ越そうにも金欠で、五十嵐さんの家に婚約者として住まわせてもらうことになりました。通勤の車を貸してくれたのも五十嵐さんです」

浅見がうどんの汁を噴き出した。

慌ててテーブルを拭き、近くで食事中の人に謝った浅見が、和葉の方に振り向いて目をむいた。

「五十嵐さんと婚約して同棲⁉」

「しーっ！　浅見さん、もっと声を落としてください」

噂を広めるのは、やり方を五十嵐と相談してからの方がいい。

焦って周囲を見回したが、誰とも視線が合わなかったので聞かれていないとホッとした。

「婚約者ですけど結婚はしません。百日後に婚約解消して、ひとり暮らしに戻ります」

「ちょっと待ってくれ。金城の話に理解が追いつかない。わかるように説明して」

引っ越し費用はないが無償の援助は受けたくないという和葉に、五十嵐が女避けのための婚約者になるという契約を提案した。

その話をすると浅見も少しは納得できたようだが、温厚な性格の彼にしては珍しく怒ったように顔をしかめている。

「五十嵐さんを見損なったな。いい大人なんだから、女性問題は自分で対処すべきだろ」

「まぁ、女避けという取引条件には私もムッとしましたけど、結果的に私の方が助かる契約なので。それについては深く考えないことにします」

「いや、考えろよ。五十嵐さんを狙う女性社員から嫌がらせをされたらどうするんだ」

(浅見さんは知らないから……)

すでに一部のCAからは日常的に嫌みを言われている。

実害がないから我慢できるし、仕事は楽しく、資格取得のための勉強で忙しいので、そんなことで悩んでいる暇はないのだ。

心配してくれるのはありがたいが、和葉にすれば今さらな問題なので苦笑した。

「悪口には慣れて――いえ、それくらいスルーできます。たった百日ですし、大丈夫です」

「百日で婚約解消したあと、五十嵐さんは別の誰かに女避けを頼むのか？　いい加減すぎる。金城は〝コーパイに捨てられた女〟と言われ続けることになるんだぞ」

「私はそれでいいと思ってます。でもまた別の人に女避けを頼むのが面倒なのか、五十嵐さんは百日間で惚れさせてやるから本当に婚約しろと言ってて……。私に恋愛感情はないけど気に入っているとかで。ま、私は絶対に好きにならないので、五十嵐さんがなにをしようと無駄に終わるだけですけど」

「なんだよそれ。愛もないのに結婚して一生、金城に女避けをやらせるつもりとは、さらにひどいだろ。今からでもやめておけ」

「ええと、それは……」

（そんなにひどいの？）

憤慨する浅見を見ていると、デメリットもなかなか大きい気がしてきた。

（でも、ひと晩お世話になったから、もう契約がスタートしている。今さらなかったことにとは言えない。だから絶対に惚れないようにしよう。愛されていないのに結婚なんて無理。それなら〝コーパイに捨てられた女〟と呼ばれる方を選ぶ）

ヒソヒソと話しているうちに食堂は満席になった。

壁際で席が空くのを待っている整備士と目が合い、和葉は急いで立ち上がる。

「出ましょう。浅見さんに話したのは、お世話になっているので一番先に報告しなければと思ったからです」

「俺の意見は求めていないという意味か。考えを変える気がないのはわかった。金城は頑固だからな」

仕事中の和葉は自分の意見をはっきり主張する。先輩や上司が違う考えだった場合もそうで、納得するまで引き下がらない。

それは黄色いヘルメットをかぶっていた時からだ。結局は先輩の意見が正しかったという場合も多々あるけれど、生意気だと思われようともこの姿勢は今後も貫く。

ライン整備は航空機が飛び立つ前の最後の砦。乗客乗員の命を預かっているのはパイロットだけでなく、整備士である自分もだと信じている。

そんな和葉の性格をよく知っている浅見が、諦めたようにため息をついた。

「どうなっても知らないぞ」

(見放された？)

浅見だから詳細まで正直に話したのだが、女避けについてまで言うべきではなかったと首をすくめた。

退勤して、五十嵐の高級マンションに帰り着いたのは十八時頃。

まずは汗でべとつく体をシャワーでさっぱりと洗い流し、部屋着のTシャツとショートパンツに着替えた。

五十嵐の退勤時間は聞いていないが、出勤がゆっくりの日はきっと帰宅も遅いだろう。

不規則勤務の彼とは食事時間が合わないので、各自で用意するという話を昨夜した。一緒に乗務した機長から誘われて外食することもよくあるそうだ。

クーラーが心地よく効いた部屋で、実家から送られてきたソーキそばをひとり分だけ茹でる。

四人掛けのダイニングテーブルで食べながら、きょろきょろと周囲を見回した。

(広くて静か。ひとりだと落ち着かない)

大家族で育ったため、誰かがそばにいた方が安心できる。

ひとり暮らしの狭いアパートは壁が薄く、隣や階下の住人の気配が感じられ、ここまで静かなことはなかった。

（早く帰ってこないかな……）

心細いと帰宅が待ち遠しい。

急ぐ必要はないのにかき込むように食べて、和葉の部屋として借りている八畳の洋間に移動する。

アパートから持ってきた布団や小さな座卓を見ると、少しだけホッとした。

この家の間取りは２ＬＤＫだ。リビングとこの部屋の他に五十嵐の寝室があり、六畳のウォークインクローゼットや広いバルコニーもある。

次の休みの日に家電などの大きなものを運んで、完全に引っ越そうと考えていた。

座卓に分厚い教科書や過去問を広げ、次なる資格取得のための勉強を始める。

目指すはライン確認責任者の資格で、いつかフライトログブックに自分の名前をサインしたいと夢見ていた。

集中して勉強していると寂しさも時間も忘れ、玄関の物音でハッと時計を見た。

時刻は二十二時半になるところだ。

（帰ってきた）

すぐにペンを置くと、少し緊張しながら廊下に顔を出す。

「五十嵐さん、おかえりなさい」

制服姿の彼がキャスターつきの黒いフライトバッグを寝室前に置いてこちらに来た。

「ただいま」

なにげないやり取りに鼓動が高まるのは、同棲しているという実感が湧いたからだ。

自宅で制服姿というミスマッチが新鮮に見え、気怠げな表情には大人の色気が感じられた。

(このくらいでドキドキしてどうするのよ。普通に話さないと)

「今日は社内スタンバイと言っていましたよね。拘束時間が長いんですね」

「スケジュールの変更を頼まれて飛んだんだ。一時間半前に仙台《せんだい》から戻ったばかりだ」

乗務報告やブリーフィング後、着替えもせずすぐに空港を出たようだ。

急いだ理由はなんだろうと思ったが、まずは彼の空腹が心配になる。

「夕食、食べました？」

「いや、時間がなかった」

「ソーキそば、食べます？　茹でて付属のつゆと具をのせるだけのレトルトですけど、作りますよ」

「ありがとう。食べたいが、その前に話がある。和葉が寝ないうちにと急いで帰宅したんだ」

嘆息した彼がリビングへと向かい、和葉も部屋の電気を消してあとに続いた。

疲れているだけかもしれないけれど、なんとなく困り事があるような様子だった。

和葉の方も婚約の噂をどのように広めるかについて相談したかったが、彼の話を優先した方がよさそうだ。

ソファに並んで座ると、渋い顔をした彼が話しだす。

「同じ便に乗務したキャビンクルーから、和葉と婚約して同棲しているという噂は本当かと聞かれたんだ」

「えっ」

「言ったのか？」

非難するような目で見られ、慌てて首を横に振る。

「CAさんには言っていません」

「には？　誰に話した？」

お世話になっている浅見にだけ、昼休みに話したと教えた。

口止めはしていないが、浅見が噂を広めたりはしないだろう。五十嵐に好意を寄せる女性たちからの嫌がらせを心配されたほどである。

「CAさんは誰から聞いたんだろう……あっ、社員食堂が原因かもしれないです」

浅見に報告した時、驚いたため大きな声で反応されてしまった。それ以降は声を落としてくれたが、周囲の誰かが聞き耳を立てていたのかもしれない。

その整備士からCAの耳に入るまでに何人か介している可能性もあり、噂の拡大はもう始まっているようだ。

(さすが注目度ナンバーワンの五十嵐さんだ。噂の広め方の相談はいらなかったみたい)

「お前からは誰にも話すなと今夜言うつもりだったのだが、遅かったか」

額を押さえた彼に目を瞬かせる。

「私、女避けになるんでしたよね？　婚約した話を広めないと盾になれませんよ？」

それとも、噂の広まり方が気に食わないのだろうか。

問いかけてもなにも答えず黙っていた彼だったが、数秒して額から手を離すと口を開く。

「女避け、そういう話だったたな」

「えっ、違うんですか？」

「いや、お前の言う通りだ。さっきのは気にしないでくれ。おそらく噂は社内にすぐ広まるだろう。女性社員からなにかされたら、すぐに俺に言うんだ。和葉が困らないよう最大限の対処をする」

五十嵐の眉間には皺が刻まれており、浅見のように心配してくれるのを不思議に思った。

（それを心配するなら、どういうつもりで女避けになれと言ったの？）

彼の気持ちはわからないが、心配無用なことは伝えておく。

「大丈夫です。知らないと思いますけど、整備部で紅一点の私はすでに色々と陰口を叩かれていますので。今さら嫌みくらいで傷つきません」

「そうだったのか。誰かに相談したのか？」

「していませんよ。問題にするほどではないので。陰口を言うのは一部の人ですし、優しいＣＡさんもいます。美玲さんとか」

「美玲？　ああ、堂島さんか」

彼女の父、堂島室長は五十嵐の上司だ。名字だと紛らわしいので彼女は下の名前で呼ばれることが多いが、五十嵐は違うようだ。

彼女の名前を口にした途端、彼の口角が上がった。

「最近、乗務スケジュールが重なって堂島さんとよく話す。キャビンを安心して任せられる優秀なチーフパーサーだ」

いつも順調なフライトとはいかず、離陸してからの乗客の体調不良や問題行動など、キャビンの責任者であるチーフパーサーはコックピットと連絡を取りながら対応しなければならない。

その役職に最年少でなった美玲の優秀さは和葉も耳にしている。

加えて百合の花のように凛とした美人で、和葉を気にかけてくれる優しい人だ。

美玲への高評価に異存はないのに、なぜか悔しいような、嫌な気分になった。

自分の感情に引っかかりを覚えていると、五十嵐が名案とばかりにつけ足す。

「和葉が嫌がらせをされないよう、俺からに堂島さんに協力を頼んでみる」

他のＣＡを管理する立場の美玲なら適任だと思っているのだろう。

厚い信頼が伝わる口ぶりに、今度ははっきりと悔しさを自覚した。

(私だって……)

航空整備士として、自分も信頼されたかった。

和葉がいるから安心して空を飛べると言われてみたい。

(美玲さんにお願いしなくても、私は大丈夫なのに)

負けず嫌いは子供の頃からの性格で、唇を噛んで強気な視線をぶつける。

「美玲さんにお願いしなくていいです。なにかされたとしても自分で対処できますので。誰に相談するつもりもありません」

「俺にもか？」

「はい。嫌がらせについては私の問題で五十嵐さんは関係ありません。契約を交わした以上、きっちり役目を果たします」

「俺では頼りにならないと言うのか」

不満そうに寄せられた眉の下で、涼やかな印象のダークブラウンの瞳が挑戦的に輝いた。

突然、手首を掴まれて驚いたその直後に、強く引っ張られて広い胸に飛び込んでしまう。

「わっ！」

見開いた目に映るのは紺色のネクタイの結び目で、背中に回された両腕に閉じ込められた。

ボディソープか香水か、清涼感のある香りがほのかにし、胸や腕のたくましさを薄布越しに感じて口から心臓が飛び出しそうだ。

(ちょっと待って、不意打ちはズルい)

「なにかされたら必ず俺に言え。和葉を守るから」

これはきっと彼の作戦で、一生女避けの盾として和葉を使うために惚れさせようとしているのだろう。

その狙いがわかっているにもかかわらず、耳元で聞こえる色気を含んだ声にゾクッとした。

「わかったな？」

(このままだと、ドキドキしすぎて心臓がもたない……)

恋愛初心者には強すぎる刺激だ。

嫌だと言えば離してくれない気がして、首を縦に振った。

「よし」

腕の力が緩んだので体を離すと、至近距離で目が合ってまた鼓動が跳ねる。

うろたえる和葉と違って彼は余裕の態度でからかってくる。

「顔が真っ赤」

「仕方ないじゃないですか。男性にこんなことされたの、初めてなんですから」

「へぇ、恋愛経験なしか。俺が最初で最後の恋人とは光栄だな」

(最後？　やっぱり百日で終わると思っていないんだ)

ニッとつり上がった口角に自信が感じられる。恋愛初心者なら簡単に落とせると思われていそうで、ムッとして立ち上がり背を向けた。

「ソーキそばは冷蔵庫にあるので自分で作ってください。紅しょうがと刻んだ青ネギは小皿に入っていますから、お好みでどうぞ」

「照れてまともに顔が見られないから逃げるのか？」

「違います。勉強に忙しいだけです」

ククッと笑う声を聞きながら、足早にリビングを出た。

（意地悪）

不満に思う一方で、少しだけホッとしている。

優しくされてうっかり惚れてしまえば、自分の負けだと思うからだ。

夏の暑さが幾分和らいだ九月の半ば。五十嵐の婚約者になってから二週間ほどが経つ。

湯崎の姿はあれ以来、一度も見ていないので、きっともう諦めたのだろうと少し安心している。

今日のシフトは夜勤だ。二十一時から翌朝八時までの勤務で、二十時半頃に空港に着いた。

職員駐車場に車を止めてすぐ横の建物の自動ドアをくぐり、警備員に挨拶して二階の更衣室を目指す。

四階建てのこのビルは『エアポートマネジメントセンター』と言い、乗員室やＣＡのオフィス、オペレーション部など多くの部署が入っている。

男性整備士は運航整備部の管理棟に更衣室があるが、和葉はここで着替えてから広い空港内を社用車で移動しなければならない。

（私ひとりのために整備部の管理棟に女子更衣室を用意してとは言いにくい。長距離を歩くわけでもないし、このままでいいけれど……）

そう思っていたのは、五十嵐との噂が広まるまでだ。

予想はしていたが、あっという間に婚約の話が職員間に知れ渡った。

まったく話したことのない別部署の社員から『おめでとうございます』と声をかけられ、整備部の上司には『恋人は航空機じゃなかったか？』とからかわれた。

なんとなく居心地の悪さを感じるが、一番困るのは更衣室だ。

グレーのドア横にあるセンサーに社員証をかざして解錠し、恐る恐るドアを開けると、中は暗い。

誰もいないとわかってホッと息をつき、照明のスイッチを入れた。

(早番も遅番も必ず誰かいるから、夜勤でよかった)

広いスペースに縦長のロッカーが四列、ズラリと並んでいる。左の壁際には大きな鏡と椅子が六つの化粧台があり、和葉のロッカーはその向かいだ。

(せめて私のロッカーを、目立たない位置に移してもらえないかな)

メイク直しや身だしなみのチェックに人が集まる場所なので、声をかけられやすくて困る。

五十嵐には自分で対処できると豪語したが、これまでのような陰口ではなく面と向かって非難されるようになり、今は身構えてドアを開けなければならなかった。

あからさまに敵意をぶつけてくるのはＣＡの嶺谷で、二週間ほど前の会話を思い出す。

『五十嵐さんにあなたが選ばれた理由がまったくわからないの。どうやって取り入ったのか、教えてくれる？』

五十嵐が四年ぶりに羽田に戻ってきたばかりの頃、ＣＡたちがはしゃいだ様子で彼の話をよくしていた。

その中心にいたのが嶺谷だったので嫌な予感はしていたが、やはりと言うべきか、和葉が婚約者だと知って、詰め寄らずにいられなかったらしい。

『取り入っていません。好みは人それぞれ、ということだと思います』

『女性の趣味が悪いという理由なら残念だわ。でも、思い込みという線もあるかもよ。整備士という職業は男性のイメージが強いから、若い女性が作業着にヘルメット姿で働いていたら目を引くもの。ギャップ萌えっていうのかな。全然可愛くないのにそう見えるんだから得よね』

『私は別に、どんな格好をしていても可愛く見えないです』

『あら、自分をよく知っているのね。それなら分不相応なのもわかるでしょ。身を引いたら？』

嶺谷に加勢する人、クスクス笑っている人、和葉に同情するような視線を送ってくれるけどなにも言わない人、関わりたくないとばかりにすぐに更衣室を出ていく人、反応は様々だ。

もし美玲がその場にいたなら嶺谷を止めてくれそうだが、最近は更衣室で会わない。パイロットと同じくＣＡも不規則勤務だからだろう。

(可愛くないのはその通りだけど、面と向かって言われるとダメージはある。誰もかばってくれないし、私って女の敵だと思われている？　でも絶対に負けない。百日間は盾になると決めたから)

自宅では五十嵐に『なにもされていないか?』とたびたび心配される。更衣室に入る前は緊張して手が汗ばみ、心が折れないよう身構えている状況なのだが、彼の前では平気なふりをしていた。

一緒に暮らしてわかったのだが、勉強に忙しいのは自分だけではなく彼も同じだ。パイロットは定期審査が毎年あり、不合格なら乗務できなくなるので日々勉強なのだそう。加えて彼は数年がかりの機長への昇格試験が始まったそうで、のんびりできるのはたまに和葉と食事をする時間くらいだ。

高級な弁当を買ってきてくれたり、和葉が簡単な手料理を振る舞ったりといった夕食が、同棲してから四回だけあった。

機長への昇格がかかっている大事な時期の彼に心配されたくない。

それにもし頼もしく守られて、百日で別れるという決意がぐらついたら、意地悪な彼の思うつぼだ。

(困っているのは更衣室だけ。このくらいなら全然、大丈夫)

強がりを心に呟いた和葉はカバーオールに着替え、誰もいない更衣室を出ようとする。

ドアノブに手をかけると、引く前に外から開けられ、勤務を終えて着替えに来たらしい嶺谷と鉢合わせてしまった。

気を抜いていた時に現れた天敵に、「げっ」と正直な声が漏れた。

「人の顔を見るなり失礼ね」

(いつも失礼なのはそっちでは?)

「まぁ、どうでもいいわ。私、これから約束があって忙しいの。女性の趣味が悪いコーパイよりずっと素敵な人とね。急いでいるからどいてくれる?」

いつもよりは棘のない口調に、勝ち誇ったような笑み。

面食らっている和葉を押しのけた彼女が奥へと進んだ。

(これからデート? 五十嵐さんを諦めたの? 私、女避けとして役に立てたんだ。すごい!)

彼を狙っていた女性は嶺谷だけではないが、とりあえずひとり撃退できたと喜んだ。

機嫌のよさそうな嶺谷を笑顔で見送ってから、顔をドアの方へ戻してまた驚く。

「わっ、すみません」

勤務を終えたCAがもうひとり、目の前に立っていた。声をかけてくれればいいのに、和葉が気づくまで待っていたようだ。

慌てて横によけると、なにも言わずに通り過ぎた。

(たしか名前は、緑沢《みどりさわ》さん。挨拶してもいつも無視される)

嫌われているのかどうかはわからない。同僚に対しても彼女は会釈する程度の挨拶しか交わさず、更衣室で誰かと話しているのを見たことがなかった。

年齢は三十間近といったところだろうか。長い黒髪をきっちりひとつにまとめたスレンダーな美人だが、笑顔はなく、明るく社交的なCAの中で浮いた存在に見えた。

(人づき合いが苦手なのかも)

それならなぜ高いコミュニケーション能力を求められる職業に就いたのかと疑問に思うけれど、緑沢と会話する日は来ないと思うので謎のまま終わりそうな気がした。


時刻は二十二時半。

緑と赤と白の光が上空を流れる。

流れ星ではなく航空機のナビゲーションライトだ。

滑走路や誘導路の端灯は宇宙に輝く星のようで、夜の空港は幻想的で美しい。

格納庫前にたたずむ和葉は景色を楽しんでいた。

夜勤者の仕事は、最終便で到着した機体を翌日の始発便までに整備することである。

先ほどホノルルからの最終便が到着したと連絡が入ったので、その機体が特殊車両でプッシュバックされてここへ来るのを待っていた。

(コックピットから見る景色はもっときれいなんだろうな)

景色を楽しめるという点で五十嵐を羨ましく思っていたら、隣に浅見が並んだ。

「おつかれさまです。今、なにかすることありました？」

「金城の話を聞くことくらいかな」

冗談だと思って笑ったが、浅見は真顔だ。

「聞いてもいつも大丈夫としか言わないけど、本当か？　金城は弱音を吐かないから、被害を想像するしかできない」

五十嵐と同様に、浅見も女性職員からの嫌がらせを心配してくれる。

「本当に大丈夫です。もしかしてロッカーを荒らされたり、集団で詰め寄られたりとかの被害を想像していました？」

「女の嫉妬ほど怖いものはないと、妹が言っていたぞ」

浅見は大学生の妹と仲がいいらしく、たまに会話に出てくる。以前、妹に少し似ていると言われたことがあり、親身になってくれるのは重ねて見ているせいだろう。

浅見の心配を解こうと、和葉は明るく笑ってみせた。

「学生だとそういうこともあるのかもしれませんけど、私たちは大人ですから。それにCAさんもグランドスタッフの皆さんも忙しくて、私なんかに嫌がらせしている暇はないと思います」

実害があれば対処しようと思うけれど、以前から和葉を嫌悪している嶺谷にだって、肩を押されたこともない。

人気の職業であるCAは優秀な人しか採用されず、就職してからの研修は泣くほど厳しいと聞く。客前では常に笑顔で優雅ささえ感じさせる彼女たちだが、裏では全力で走っている姿を何度も見た。

嫌がらせをしている暇はないというのは、本当のことだ。

「なにもないならいいけど」

一応納得してくれた様子の浅見だが、まだなにか言いたそうで、躊躇《ちゅうちょ》するような間を置いて続けた。

「五十嵐さんにも、なにもされていないか？」

一瞬、なんのことかわからず間抜けな顔をしてしまったが、迫られていないかという意味だと気づいた途端、顔に熱が集中した。

「ないです、ないです」

同棲を開始した翌日の夜、突然抱きしめられて動揺したが、触れられたのはあの時だけだ。

和葉が勝手に赤面した時ならたくさんある。

早朝、寝ぼけまなこで脱衣室のドアを開け、バスルームのすりガラス越しに裸のシルエットを見てしまったり、ソファでうたた寝していたら起こされ、至近距離にイケメンフェイスがあって心臓が止まるかと思ったりしたことがあった。

「婚約者といっても形だけで、しかも期限つきです。お互いに気持ちがないのに、そういう関係にはなりません」

「百日で終わりにする気なのは金城だけなんだろ？　五十嵐さんはお前が好きだから、おかしな契約を交わしたように思えるが」

「違いますよ。私に対する気持ちは〝気に入っている〟程度だそうです。女避けに利用しようとしているだけですから」

「俺にはそうは思えないが。普通は気持ちがないのに結婚まで考えないだろ」

「五十嵐さんはきっと普通じゃないんですよ」

一般的に異性から好意を持たれたら嬉しいものだと思うけど、彼はそうではない。

超がつくハイスペックなイケメンの気持ちは、常人の自分たちには理解できないということだ。

浅見と雑談していられたのは、そこまでだ。

座席数二百四十の巨大なボーイング機が格納庫に納まると、夜勤の整備士たちが慌ただしく動きだす。

着陸時のバードストライクで、ライトエンジンにエラーメッセージが表示されたと報告があった。

羽田空港は海に面しているので、鳥避けを施しても海鳥との衝突は日常的に起きる。

可動式の足場を組んで、異常が報告されたエンジンを内部まで確かめる。

新人の頃は高所での作業が少し怖かったが、今ではすっかり慣れたものだ。

「浅見さん、ファンブレードの傷ですまないようです。パンチングメタルにもダメージがあります」

「ドック整備に引き継ごう。機材交換になると連絡してきて」

「はい」

エンジンをバラバラに分解して破損した部品を交換し、組み直すには時間がかかる。

それは和葉たちとは違う部門の整備士が担当する。

しばらくこの機体は使えないため機材調整が必要で、和葉は運航整備部の管理棟へ向かった。

報告をすませて格納庫へ繋がる連絡通路を歩いていると、前方からパイロットがひとり、こちらに向かって歩いてきた。

中背で前髪にほんの少し白髪が交ざり、やや垂れ目で口元に笑みをたたえているのは御子柴だ。

「おつかれさまです」

会釈してすれ違おうとしたら、話しかけられて足を止める。

「おつかれさま。エンジンエラーの件、聞いた?」

「はい。バードストライクのホノルル便は御子柴キャプテンでしたか。ドック入りが決まったところです」

「そうか。たくさん吸い込んでしまって、すまないな」

着陸態勢に入っている中で、海鳥との衝突は避けようがない。

(御子柴キャプテンとホノルル便といえば……)

思い出したのは半月ほど前のことだ。

ハワイにいるはずの五十嵐がランウェイに現れて驚いたことがあったが、ホノルル便に乗ったと間違った情報を教えたのは御子柴だった。

(『会えないと思えば会いたくなる。それが乙女心だ』だっけ?)

なぜか五十嵐と和葉をくっつけようとしていたらしい。

婚約の噂は御子柴の耳にも届いているはずで、なにか言われるだろうと身構えた。

「金城さん」

(初めて名前で呼ばれた)

「は、はい」

「じゃ」

(えっ?)

御子柴が片手を上げて横を通り過ぎ、肩すかしを食らった気分でポカンとした。

そっと振り返ると、遠ざかる彼から大きな独り言が聞こえる。

「そういえば明日は、うちのエースFOの誕生日だな」

(五十嵐さんのこと?)

「フィアンセの手料理でお祝いか? 羨ましい限りだ。たしかあいつは、茄子が好物だと言っていたな」

(わざわざ教えてくれたみたい。茄子が好きなのか。それも知らなかった)

明日、和葉は夜勤明けなので時間はある。

彼のスケジュールは聞いていないが、数日留守にする国際線の乗務なら前もって知らせてくれるので、夜は帰宅すると思われた。

(手料理か。自信がないけど、一応婚約関係にあるから作ろうか)

これまで彼に振る舞ったのは、カレーライスとカルボナーラだ。美味しいと言ってくれたが、市販のカレールーとパスタソースを使ったので手料理にカウントしていいのかわからない。

(パーティー料理なんて作ったことないけど、挑戦してみよう。サプライズ誕生会を開いたら、五十嵐さんはどんな顔をするだろう)

恋愛に縁遠い自分が、偽装とはいえ婚約者の誕生日を準備する日が来るとは思わなかった。

格納庫へと引き返しながら、驚く彼を想像すると、ワクワクと胸が高鳴った。


翌日の和葉は大忙しだ。

いつもなら夜勤明けは帰宅してすぐ寝るのに、今日はそんな暇はない。

急いで食材を買ってきて、慣れないパーティー料理に悪戦苦闘している。

ケーキも手作りしようと思ったのが間違いだった。

初挑戦のスポンジ生地は表面が黒焦げで中が生焼けになり、二度目は膨らまずに煎餅並みの固さに焼き上がった。

三度目はボソボソとした食感で、四度目にやっとマシなスポンジが焼けた。

それを冷ましてから生クリームを塗ってフルーツを飾り、ケーキ作りに五時間を費やしたため、他の料理に取りかかったのは夕方になってからだ。

冷蔵庫から牛もも肉の塊を取り出してまな板にのせてから、ふと手を止めた。

ローストビーフを作るつもりでいるのだが、携帯で検索したレシピには六十分かかると書いてある。

(今は十七時半。無理だ)

夜勤を終えた朝、帰宅時間を問うメッセージを五十嵐に送信したら、なにもなければ十八時頃に空港を出ると返信があった。誰かと食事の約束もないそうで、十九時前には玄関ドアが開くだろう。

ローストビーフはかろうじて出来上がっているかもしれないが、食卓がケーキとそれだけなのは少し寂しい。

どうしようかと悩む和葉が視線を向けたのは足元だ。先ほど実家からダンボール箱が宅配便で送られてきて、中には沖縄の食材が詰まっていた。

両親に引っ越したことは伝えてあるが、東京の住所にうといため、地価が高くセレブが住んでいる街だとは思っていないはずである。

百日で終わる同棲と婚約の話もしていないため、趣味に散財する娘がまともに食事をしていないのではないかと心配して食材を送ってくれるのだ。

(そうだ、パーティー料理をやめて普通の沖縄料理にしよう。それなら何品か作れるし、五十嵐さんは馴染みがないだろうから特別感が出せるかもしれない)

そうと決まれば牛肉は冷蔵庫に戻して、箱から出した立派なゴーヤーをまな板にのせた。

メニューはゴーヤーチャンプルーとニンジンシリシリ、海ブドウのサラダにパパイヤイリチー。

豚バラ肉の塊を泡盛や醤油、砂糖などで煮込んだラフテーは、レトルトのものが入っていたのでそのまま食卓に出すことにする。

(慣れている家庭料理だとすぐできた。十九時まであと三十分もある。余裕だった――あ、茄子料理！)

せっかく御子柴が教えてくれたのだから、五十嵐の好物を作りたい。

茄子を厚めの輪切りにして、豚の三枚肉と一緒に甘めの味噌味で炒め煮にする。

これはナーベラーンブシーという郷土料理で、本来なら茄子ではなくヘチマで作る。

（茄子だから、ナーシビンブシーだ）

東京に来て五年ほど。すっかり沖縄弁が抜けたように感じているが、家族と電話で話したあとは標準語のイントネーションが少々狂う。

忙しくて一年ほど帰省できずにいるけれど、帰れば一瞬で沖縄弁に戻りそうだ。

（この前、お父さんからの電話で、おばーに顔見せてやれって言われたんだ）

実家の大家族には九十歳の父方の祖母がいて、高齢だからぼやぼやしていたら二度と会えなくなるぞと父に脅されたけど、ものすごく元気だ。

耳が少し遠いので電話は苦手で、ビデオ通話は写真だと勘違いして眺めるだけ。大好きな祖母と会話するには帰るしかない。

（おばーに会いたいな。近いうちに帰ろうかな）

出来上がった茄子料理を小鉢に盛りつけたら、玄関で物音がした。

「ただいま」

リビングに入ってきた五十嵐は半袖カットソーとグレーのストレートパンツ姿で、今日は着替えてからの帰宅だ。

スタイル抜群の彼は、なにを着ても憎らしいほどかっこいい。

「おかえりなさい」

白い天板のダイニングテーブルには沖縄料理とケーキが並んでいる。

誕生日パーティーだとすぐにわかるはずで、喜んでくれるのを期待して鼓動を弾ませた。

エプロン姿の和葉に近づいた彼は、料理とキッチンを見て驚いたように両眉を上げた。

「すごいな」

(やった。サプライズ成功!)

「散らかりようが」

「そこですか⁉」

シンクにはまだ洗っていないボウルやフライパン、まな板などの調理器具が山となり、失敗作のケーキや野菜の皮は三角コーナーからあふれている。

高級マンションのスタイリッシュでお洒落なキッチンが台無しだ。

それでもまずは喜んでくれないと、帰宅してから十時間ほどの頑張りが無駄になる。

「三十四歳のお誕生日おめでとうございます」

ムッとしながらお祝いの言葉をかけると、頭に大きな手がのってポンと優しく叩かれた。

「ありがとう。夜勤明けで準備するのが大変だっただろ。帰宅時間を聞かれたからなにかあるとは思ったが、誕生日を知っているとは驚いた」

男らしい手が和葉の頭から頬まですべるように下りて撫《な》でられ、心臓が波打つ。

「嬉しいよ」

口調はアッサリしているが、細められた目と自然に弧を描く唇が本心だと教えてくれた。

撫でられている頬が熱を持ち、動揺して鼓動が二割増しで高まる。

(どうしよう。喜んでもらえて私の方が嬉しいなんて……。でもドキドキしたらダメ。こうやって触れてくるのは、きっと作戦なんだから)

彼の思うつぼにならないよう、平気なふりをしてすまし顔をする。微《かす》かに流れる甘い雰囲気を壊さなければと、自ら打ち明けた。

「実は、夜勤中に御子柴キャプテンに会って誕生日を教えてもらったんです」

前々から準備していたわけではなく、手料理で祝おうとしたのも御子柴が言ったからだ。

「ケーキを焼くのに三回も失敗しちゃって。時間がなくなったので、ローストビーフをやめて沖縄料理にしたんです。普段の食卓に並ぶようなメニューでも、地元民じゃない五十嵐さんには珍しく見えるんじゃないかと」

種明かしをしているうちに、この程度で喜ばせようとした自分が恥ずかしくなる。

「御子柴キャプテンか。なるほど」

微かに眉根を寄せた五十嵐だが、すぐに笑みを取り戻す。

「準備の大変さを思えばますます感謝しなければならないな。確かに沖縄料理はあまり食べたことがない。うまそうだ。一緒に食べよう」

(がっかりしないんだ……)

ダイニングテーブルに向かい合って座り、ミネラルウォーターを注いだグラスで乾杯する。

明日の彼の乗務は早い時間なので飲酒できないそうだ。

「和葉は遠慮せずに飲めばいい」

「今はアルコールが回るのが早そうなのでやめておきます」

「酔いつぶれたら介抱してやるよ」

五十嵐に横抱きにされて寝室に連れていかれる様子を想像し、慌てて首を横に振った。

恋人みたいな真似をされたら、必要以上に意識して普通に話せなくなりそうだ。

「水がいいです」と強調してグラスに口をつけると、彼はククッと笑う。

どうやらからかわれただけのようで、悔しく思いながら大皿の料理を取り分けた。

「どうぞ。お口に合わなかったらすみません」

まずはパパイヤイリチーを口にした五十嵐が頷《うなず》く。

「初めて食べたがうまいな。切り干し大根のような歯ごたえだ。アッサリして、パパイヤの甘みとだしの風味を感じる」

「沖縄料理はだしを利かせているから薄味なんです。こっちも食べてみてください」

高評価に嬉しくなって、食べるのを急かしてしまう。

四品を順番に食べて感想を言ってくれた彼だが、なぜか小鉢の茄子料理に手をつけない。

「好きなものは最後に食べる派ですか？　これはヘチマの味噌煮なんですけど、御子柴キャプテンに好物を聞いたので茄子で作りました」

「なるほど」

小鉢を手に取り、一気に食べきって「美味しい」と言った彼に嬉しくなり、お代わりを勧めた。

「もう少しだけもらおうか」

「少しと言わずたくさん食べてください」

先ほどより大きめの器に盛って渡すと、いつになく優しい笑みを返してくれた。

(今度、御子柴キャプテンにお礼を言わないと)

穏やかに流れる食事の時間が心地いい。

ひとり暮らしよりずっと楽しいと感じると、二か月半ほどのちにここを出るのが少しだけ惜しい気がした。

いまいちな出来のケーキも喜んでくれた彼は、キッチンの片づけまで手伝ってくれる。

食器洗浄機に入らないフライパンや鍋を和葉が洗い、彼が隣で拭く。

「もういいですよ。五十嵐さんは休んでください」

「お前の方が疲れているだろ」

「体力には自信があります」

ケーキ作りに時間はかかったが、あとは家庭料理のみで部屋の飾りつけもなく、大したことをしていない。

(急ごしらえだから仕方ないけど、誕生日パーティーとしての完成度は低い。それに、なにか忘れているような……)

「ふたりで片づけた方が早い。さっさと終わらせて同時に休もう」

そう言われた直後にハッと思いあたった。

「すみません、片づけをお願いします」

「おい、突然、百八十度も方向転換するな」

呆れ声に返事もせず自室に駆け込むと、クローゼットを開けた。

アパートから持ってきた私物が詰め込まれた中から引っ張り出したのは、両手で抱えるサイズのプラスチック製の収納ボックスでかなり重い。

床の上で開けると、そこには細々とした航空機のジャンク部品が入っている。

(どれにしようか。うん、これがいい)

手に取ったのは、旅客機のタービンブレードだ。約一万四千時間の飛行を支えたジェットエンジンの心臓部のパーツで、細長く片手に納まる大きさをしている。

もともと銀色のものが一部変色し、高温と圧力によく耐えたというロマンを感じさせる逸品で、二年前のオークションで三万千円で落札した。

(宝物を譲るのは惜しいけど、コーパイの五十嵐さんならきっと大事にしてくれる)

忘れていたのは誕生日プレゼントで、最高の贈り物を思いついた気がしていた。

タービンブレードに頬ずりして別れを惜しんだあとは、使っていないキーホルダーを探した。

それについていた沖縄のゆるキャラのマスコットを外し、代わりにタービンブレードを取りつける。

航空機の小さな部品をキーホルダーやアクセサリーに加工して販売している例もあり、それを参考にした。

(うん、引っ張っても取れない。強度はバッチリ。さあ、渡しに行こう)

リビングに戻るとすでに洗いものは終わっていて、五十嵐がコーヒーカップを片手にソファに座ったところだった。

コーヒーを口にする彼に呆れたような目で見られ、主役に片づけを任せてしまったとバツの悪い思いで横に立つ。

「すみませんでした」

「急いでなにを取りに行ったんだ?」

「誕生日プレゼントです。タービンブレードをキーホルダーに加工してみました。ぜひ使ってください」

絶対に喜ぶと期待して差し出したのに受け取ってもらえず、端整な顔の眉間に皺が刻まれた。

「いらない」

「えっ、B777-200のものですよ？　まさかタービンブレードを知らないわけじゃないですよね。エンジンの構造の説明、いります？」

「俺の職業をなんだと思っているんだ。価値があるパーツでも興味がないだけだ。それに、キーホルダー自体、使わない」

このマンションの鍵がカードタイプであるのを思い出した。職場のドアもICチップ内蔵の社員証で開ける仕組みだ。

彼の高級車のスマートキーにならつけられそうだが、通勤で使っているのは和葉なのでプレゼントにならない気がした。

(どうしよう。これをもらってくれないと他にプレゼントを思いつけない)

キーホルダーをつける場所がないかと数秒考え、ひらめいた。

「五十嵐さんの寝室にちょっとだけおじゃまします」

なぜかという顔をされたが、答えずにリビングを出て彼の部屋を開けた。

出入りの際にチラッと中が見えたことはあるが、入るのは初めてだ。

カーテンと寝具カバーが藍色で統一され、大きめのベッドが窓際に置かれている。

壁際にスタイリッシュなライティングデスクがあり、その左横の書棚には黒い革表紙の分厚いルートマニュアルが並んでいた。

今はタブレット端末に航空路や世界中の空港の運航方式など、フライトに必要な情報を入れて持ち運んでいるはずなので、過去に使用していたものなのだろう。

すっきりと片づいた寝室のデスクの右横に、目当てのものがあった。

キャスターつきの黒いフライトバッグだ。

その中には各種ライセンスやヘッドセット、グローブ、サングラス、タブレット端末などパイロットの必需品が入っている。

フライトバッグの傍らにしゃがんだ和葉は、ファスナーの引き手にキーホルダーを取りつけた。

「おい」

真後ろに低い声がする。

「いい感じにつきました。開け閉めしやすいですし、自分のバッグだとひと目でわかります」

「そこまでして使わせたいのか？」

振り向いてその顔を仰ぎ見ると、眉根を寄せて嘆息された。

（迷惑そう。やめた方がいいみたい……）

「押しつけてすみませんでした。喜んでもらえるプレゼントを考え直しますので、数日、待ってください」

眉尻を下げた和葉の横に、彼が片膝をついた。

「俺になにか贈りたいという気持ちはわかった。それなら金で買えないものがいい」

金欠の和葉を思いやってのリクエストのようだが、それにしてはなにか企んでいそうに口角が上がっている。

「肩もみ券とかですか？」

「色気がないな」

却下されると同時に、器用そうな長い指が和葉の顎にかかった。

きれいなダークブラウンの瞳が艶めき、薄く開いた唇は蠱惑的《こわくてき》だ。

大人の色気をあふれさせる彼を初めて目にして激しく動揺する。

いくら恋愛にうとくても、なにが始まろうとしているのかわからないほどではない。

「あ、あの、そういうのはちょっと……」

「俺の寝室に自ら踏み込んでおきながら、なにを戸惑う？」

「フ、フライトバッグがこの部屋にあったから、入っただけです」

釈明している間も彼は誘うような甘い顔をして、ゆっくりと唇の距離を近づけてくる。

「俺が喜ぶプレゼントをくれるんだろ？」

（私とキスして嬉しいの……？）

そんな疑問が頭をよぎったが、あり得ないと心の中で即座に否定する。

すべては和葉の気持ちを手に入れようとする彼の戦略だ。

わかっているのに恋愛初心者には、どんどん高まる鼓動を制御できない。

焦るのは気持ちばかりで体が固まったように動かなくなり、彼の攻撃を止められそうになかった。

息のかかる距離まで詰められた時、もう逃げられないと覚悟してぎゅっと目を閉じた。

唇に神経を集中させて触れ合う瞬間を待つ。

しかし、なかなかその時は訪れず、たっぷり十秒ほど間を置いてから右手の甲に柔らかいものが触れた。

ハッとして目を開けると、手の甲から唇を離した彼が苦笑している。

（えっ、手にキスしたの……？）

和葉にとっては十分に恥ずかしい行為だが、唇にされると思っていたため拍子抜けした。

「拒めよ。本気でしそうになっただろ」

「冗談だったんですか？」

片側の口角がつり上がったのが答えのようだ。

緊張感から一気に解放されると、からかわれた悔しさで鼻のつけ根に皺を寄せた。

「私で遊ばないでください！」

「遊んでいるつもりはないが、お前が可愛いから構いたくなる」

「そ、それは言わない約束でしたよね？」

先月もコックピットで同じようにからかわれ、ひとりの整備士として見られていない気がするのでやめてほしいと抗議した。

了承してくれたはずなのにという不満もあるが、からかい半分の褒め言葉を喜んでしまう自分が一番悔しい。

頬の火照りも止めようがなく、それに気づかれたくなくて睨んでみた。

彼の腕を押して近すぎる距離を離そうとすると、その手を掴まれる。

「空港内では言わない約束をしたが、プライベートは別だ。照れているのを隠そうとして、わざと怒っている顔もいい」

（読まれてる。私の負け？）

なんとか反撃できないかと考えていると、ククッと笑った彼が和葉の手を口元に持っていく。

「手ならいいんだろ？」

先ほどの手の甲へのキスが平気そうに見えたのか、勝手な判断で攻められる。

「ま、待って――」

「半月、ひとつ屋根の下にいてなにもしなかった。十分に待っているつもりだが。いい加減、俺に惚れろよ」

再び色気をまとわせた彼は、和葉の小指に唇をすべらせて先端を口に含んだ。

温かく湿った感触に動揺し、たちまち最高頂まで鼓動を高まらせたが――。

和葉の指から口を離した彼が顔をしかめた。

「辛い」

「えっ？　あ、たぶん島唐辛子です」

ゴーヤーチャンプルーには島唐辛子を刻んで入れた。まな板周囲に散らばったその種や切れ端を手で集めて片づけ、その後に手を洗っていなかった。

島唐辛子の辛さは鷹の爪の三倍だと言われていて、口に入れた瞬間にピリッとする。

甘い雰囲気を消した五十嵐が、呆れたように言う。

「やるな。この反撃は想定外だ」

どうやら迫る気がうせたようで、立ち上がった彼はクローゼットから着替えを出すとドアへ向かった。

「シャワーを浴びる。その間にキーホルダーを外しておけよ」

「はい……」

押しつける気はもうないが、もらってくれなかったのは残念だ。

(引退した航空機のパーツにロマンを感じないのか。パイロットなら、価値をわかってくれると思ったのに)

声に出ない程度のため息をもらし、キーホルダーに手をかける。

取り外そうとしていると、廊下から声がした。

「苦労して入手したんだろ? 俺よりお前が持っていた方がいい」

ハッとして振り向いたが、もうそこに彼はいなかった。

誰もいない廊下を見ながら和葉の口元が緩む。

(迷惑というより、私の宝物はもらえないという意味だったのかも)

案外いい人だと思い、その直後に自分のチョロさにハッとした。

（危ない。騙されるところだった）

これも惚れさせるという企みのもとでの発言かもしれない。いくら手とはいえ、恋愛初心者にキスをしてからかう彼は決していい人ではないはずだ。

惚れたら負けだと思うので、自分の心に強く言い聞かせる。

（五十嵐さんよりこのタービンブレードの方が好きだって言い切れるもの。だから大丈夫。百日一緒に住んだって、絶対に恋の罠にはまらない）

百日経ったら、勝利宣言をしてこの家を出るつもりだ。

一生、彼の女避けになるつもりはなく、心のブレーキの利き具合を確認していた。

十月に入りやっと屋外での作業がしやすい気温になった。

時刻は十時半。早番の和葉は駐機場にいて、これから福岡へ飛ぶ航空機のタイヤの空気圧を測定している。

すると後ろから声をかけられた。

「ランディングギアのチェックをさせてね」

「はい」

振り向くと御子柴がいた。

夏が終わったので、ワイシャツの上に濃紺のジャケットを着用している。

（御子柴キャプテンの操縦ということは……）

周囲を見回し五十嵐の姿を探す。

他の機長よりペアを組む機会が多いと聞いたので、彼も乗務するのかと期待した。

しかし離れた場所でエンジンを確認しているのは別の副操縦士で、残念に思う。

（私、どうしてがっかりしているの？）

五十嵐が乗務する機体の整備担当に必ずあたるわけではなく、むしろ違う時の方が多い。

以前は担当したくないと思っていたはずなのにと、心境の大きな変化に気づいて慌てた。

（一緒に暮らしているのに空港でも会いたいと思っているわけじゃない。ジャケット姿の五十嵐さんをまだ見てないから、少し興味が湧いただけ）

パイロットの制服姿の彼は目の保養になる。理由はそれだけだと自分に言い聞かせてから、御子柴に話しかける。

「まだお礼を言っていませんでした。この前は五十嵐さんの誕生日を教えてくださってありがとうございました」

「あれは独り言だけど、祝えたならよかった。フィアンセにスルーされたら、あいつが気の毒だからさ」

後輩パイロットを可愛く思っていそうな言い方に口元が緩む。

御子柴は五十嵐がパイロットになりたての頃の担当教官だったと聞いている。和葉にとっての浅見のような存在なのだろう。

「五十嵐さんとプライベートな話もされるんですか?」

飛んでいる時に狭いコックピットで交わされる会話が気になった。

(もしかして、私の話もしているのかも)

それを想像して照れくさく感じたが、御子柴が不満そうな顔をした。

「聞いてもあいつはプライベートに関してほとんど話さないんだよ。恋愛相談にのってやろうという俺の真心が伝わらないようだ。つまらない男だよ」

文句のあとに御子柴が話してくれたのは、訓練生だった頃の五十嵐が初めてジャンボジェット機を操縦した時のことだ。

普通はガチガチに緊張したり、逆に気分が高揚して口数が増えたりする訓練生が多いそうだが、彼は無表情で淡々と操縦し、指摘すべき箇所のひとつもなく初フライトを終えたという。

「ヒヨコらしくはしゃいでくれたら、命を預かる仕事だと厳しく注意もできたのに。あいつは五年ほどジャンボジェットを飛ばしているようなスカした顔をしていたな」

それを聞いて和葉は自分の場合を思い出していた。

初めて格納庫内に入り、機首を大きく開けた整備中の航空機を見た時は、興奮と感動でゾクゾクと鳥肌が立った。

その時のものすごく楽しかった記憶は今でも忘れていない。

(もし私がパイロットなら、初めての旅客機の操縦にははしゃいで注意されそう。五十嵐さんは楽しくなかったの？　それとも喜びを隠すのがうまいのか……)

どんな気持ちで飛んでいたのだろうと考えていたら、御子柴の柔和な目が意味ありげに細められた。

「努力を惜しまず、飛び抜けて優秀。五十嵐なら機長試験も最短でクリアするだろう。来年には最年少機長だ。それなのに空を飛んでいる時のあいつはいつもつまらなそうな顔をしている。なぜパイロットになったのか、気になって聞いてみたことがあるんだが」

「教えてください」

食い気味に続きを促したが、なぜか御子柴が笑顔で黙った。

「御子柴キャプテン？」

「ブリーフィングを始める時間だ。五十嵐の奥さん、またね」

「えっ」

ひらひらと片手を振って離れていく御子柴に、心の中で叫ぶ。

（奥さんじゃない！　いや、それより続きは？　ものすごく気になるんですけど）

本人に聞いてみればいいという意味であえて教えてくれなかったのかもしれないが、はたしてできるだろうか。

家での五十嵐は興味を持って和葉の仕事や実家の話を聞いてくれるのに、自分についてはほとんど話さない。

食事中の話題として、コックピットから見えるオーロラについて尋ねたことがあるのだが、『きれいなんじゃないか』とつまらなそうに返事をされ、その話題は終わってしまった。

パイロットなら皆、空を飛ぶのが好きなはずだと思い込んでいたが、御子柴の話を聞いたあとでは、五十嵐はなにか違う気がした。

（どうしてパイロットになったのか知りたい。思いきって聞いてみる？）

就職試験の面接官ではないのだから、唐突に切り出すのがためらわれる。

彼の心の中を覗こうとしているようで、百日だけの婚約者が踏み込んではいけないような気がした。

ターミナルに向かう御子柴の背を恨めしい気持ちで見送っていると、数メートル離れてから急にUターンして戻ってこられ、慌てて姿勢を正した。

「そういえば茄子料理、作った？」

「は、はい。美味しいと言ってもらえました」

誕生日以降も、茄子とトマトのスパゲッティを作って一緒に食べたことがある。

彼の好物を教えてくれて感謝しているのに、なぜか「ごめんな」と謝られた。

「間違えて、あいつが唯一苦手な食べ物を教えてしまったよ」

「ええっ⁉」

「五十嵐のやつ、困っただろうな。面白――じゃなかった、気の毒に。それじゃ」

御子柴が笑いながら足早に遠ざかり、唖然《あぜん》とした和葉が残された。

（無理して食べてくれていたの？）

苦手だと言わず、勧めたお代わりまで完食したのはなぜだろう。

和葉が一生懸命に作ったのがわかったから、期待を裏切りたくなかったのかもしれない。

（私を喜ばせたかったんだ……）

その気遣いに胸が温かくなるが、無理をさせて申し訳なく思う。

（早めに謝りたい。五十嵐さん、今日はどの便に乗るんだろう）

今は自分の気持ちに言い訳せず、心から彼に会いたいと思っていた。


昼休憩を終えて、午後二機目の整備にあたる。

コックピットの機長席に座る和葉は、外にいる整備士と無線で話しながら操縦桿を握っていた。

「エルロン動かします。どうですか？」

『グランドクリア』

エルロンとは補助翼のことで、すべての翼の動作チェックを出発前にライン整備士が行う。

この機体は十六時二十分発の桃園行き。搭乗開始は一時間半後で、珍しく整備時間に余裕があった。

計器のチェックもすんで席を立つと、出入口にパイロットの姿が見えた。

入ってきたのは五十嵐で、和葉の顔が輝く。

（会えた！）

「この便の整備は和葉だったのか」

長袖のワイシャツ姿の彼は黒革のバッグふたつを足元に置いて、ハンガーにジャケットをかけようとしている。

茄子についての謝罪の他にも言いたいことがあり、いっぺんに伝えようと気が急いた。

「ジャケット姿が見たいです。あっ、かっこいいだろうなと思っただけで深い意味はないです。それと今から桃園便ということはステイですか？ 今晩、帰ってこないのは聞いてナス」

「ナス？ 話がたくさんあるのはわかったから落ち着け」

和葉の要望を聞いてジャケットを着てくれた彼が、機長席に近づいて微笑した。

「深い意味はない、か。どうだ、お前の期待通りか？」

「期待以上に様になっていてムカつきます」

「本職だぞ。様になってなんだよ」

凛々しいジャケット姿で、声をあげて笑ったその顔は意外にもキュートだ。

そういう表情もするのかと和葉の胸が高鳴る。

「午後はスタンバイだったが、体調不良のFOの代わりに飛ぶことになった」

午前の早い便なら日帰りで、この時間からなら台湾で一泊することになる。

「お前の携帯にメッセージを送ったが、直接言えてよかった。不審な宅配便はドアを開けるなよ。それと腹出して寝るな」

「子供じゃないんですけど」

「で、ナスってなんだ?」

なにげない会話が楽しくて謝罪を忘れそうになり、姿勢を正した。

「午前中に御子柴キャプテンに会って聞いたんです。本当は茄子が嫌いなんですね。無理して食べてくれていたのに気づけず、すみませんでした」

和葉の苦手な食べ物はヤギ肉だ。沖縄の一部地域ではポピュラーな食材だが、和葉には気になる臭みがある。

平気そうな顔で食べてくれた五十嵐の心中を思うと申し訳なく、頭を下げた。

すると渋い顔をされる。

「また御子柴キャプテンか。まったく余計なことを言う。俺の好物だと思って作ってくれたのに和葉が謝る必要はない」

「でも、お代わりまでさせてしまって」

「うまかったよ。食感が苦手だったが、和葉の茄子料理なら食べられる。また作ってくれ」

「どうしてですか？」

料理上手でもないのにという思いで首を傾げると、彼の口角が上がった。

一歩で距離を詰められ、体が触れそうになる。

（な、なに⁉）

なにかを企んでいそうな雰囲気に気づいたが、左右には座席、後ろには重要な計器が並んでいるので逃げられない。

和葉を、いや、おそらく計器を守ろうとして腰に片腕を回してきた彼が囁く。

「苦手なものを美味しく食べられるのは、惚れた女が作ってくれたからだ」

（ほ、惚れ……⁉）

これも彼の作戦で嘘に違いないのに、耳元で聞こえる声が甘すぎて真に受けそうになる。

たちまち動悸《どうき》が加速して、好きにならないようにと強く踏み込んでいたブレーキペダルから足が離れかける。

このままでは恋が始まってしまうと焦ったが、こらえきれない忍び笑いが聞こえた。

「と、言わせたいのか？」

またからかわれたと知り、ときめいてしまった分、余計に悔しくなる。

「違います！」

狭い通路で五十嵐の横を強引にすり抜け出口へ向かう。

作業着の汚れが彼の制服につくかもしれないが、そんなの知ったことかという気持ちだ。

クスッと笑う声が背後に聞こえる。

「頑張れよ」

「そっちこそ」

コックピットを出て短い階段を下りている間も、まだ唇を噛んでいた。

（恋愛に不慣れな私をからかう五十嵐さんも、いちいちドキドキするこの心臓も、なんとかしてよ）

同棲を始めてから一番動揺したのは彼の誕生日に甘い雰囲気を作られた時だが、そのあともときめきは止まらない。

先日、ストーカー事件以来初めてランウェイに行こうとしたら、五十嵐がついてきた。

湯崎は出禁になり、来店していないと電話でマスターに確認した。

あれから一度も姿を見ていないし、もう付きまといを心配しなくていいのに、『俺も飲みたい気分なんだ』と譲らなかったのだ。

そして案の定、店内ではエアラインのパイロットに常連客が群がり、迷惑そうな顔をしていた。

だからついてこなくていいと言ったのにという心境だったが、まるで本当の婚約者のように守ろうとしてくれた彼の気持ちが嬉しく、胸が高鳴ったのも事実だ。

また別の日にはこんなこともあった。

同棲で家賃が浮いた分生活に余裕が生まれ、久しぶりに服を買いに行ったら、青いカーディガンにひと目惚れした。予算より少し高かったが、購入を決めて手に取ると、女性店員が寄ってきて色違いのものを勧められた。

『パーソナルカラーってご存じですか？　お客様のような健康的なイエローベースの肌にはブラウンやカーキがお似合いです。青はブルべ向けなのでやめた方がいいですよ』

『でも、私は青が好きで――』

『絶対にこっち。ほら、よくお似合いです。私、昨年まで有名芸能人のファッションコーディネーターをしていたんです。間違いないですから』

空港では上司に対してもはっきり主張する和葉だが、自信満々な店員には意見できなかった。ファッションにうとく、洋品店に来るといつもアウェイな気分になるのだ。それで押し切られて好みではない色のカーディガンを購入し、帰宅してから後悔した。

（やっぱり青がよかった。交換しに行きたいけど、あの店員さんがいたらまた負けそう）

洗面台の鏡の前で新しいカーディガンを羽織ってため息をつくと、すぐ隣の脱衣室の扉が開いてシャワーを浴びた五十嵐が現れた。

この日、彼は夕方からのフライトで、出勤の支度をしていたのはわかるが、上半身裸のままで出てこられて慌てた。

ほどよい筋肉のついた大胸筋と腹筋があまりにも素敵で目に毒だ。

『悪い。部屋にTシャツを忘れたんだ』

半裸なのを謝った彼は、和葉が新調したカーディガンにすぐ気づいた。

『服を買いに出かけていたのか』

『そうなんですけど、やめておけばよかったです』

『なぜ？』

彼が髪を乾かす間に事情を説明すると、『交換しに行くぞ』と手首を掴まれて洗面所から連れ出された。

『五十嵐さんはこれから仕事ですよね？』

『まだ三十分ある』

『いいですよ、諦めて今シーズンはこれを着ます』

『それを着るたび、ため息をつくお前を見たくない』

購入した店まで車を飛ばし、交換をお願いすると、先ほどの店員がまたイエベだのブルベだのと言いだしたが、五十嵐がそれを遮った。

『人から見て似合うかどうかより、自分が気に入る服を着た方が気分よく過ごせるので』

押しの強い店員にはっきりと意見した彼を尊敬した。

店員は強引すぎたと謝ってくれて、和葉は好みの青いカーディガンを着ることができた。

出勤時間が迫っている中で、和葉のためにすぐに動いてくれた決断力と頼もしさ。そんな素敵な一面に触れたら、胸がときめかずにいられない。

（でも彼は私を好きなわけじゃない。そんな態度に騙されないんだから）

コックピットでからかわれたばかりなので今はしっかりとブレーキを踏み、意識を仕事のみに戻そうとした。

キャビンに出ると、久しぶりに美玲の姿を見た。この便のチーフパーサーは彼女のようだ。

ここひと月ほど勤務時間がずれて会わなかったので、五十嵐との婚約について彼女からはなにも言われていない。色々と嫌なことを言うＣＡもいたが、彼女ならお祝いの言葉をかけてくれそうな気がした。

しかし今は忙しそうなので、和葉も声をかけない。

ギャレー前の通路にはグランドハンドリングのスタッフがいて、機内食を搬入し終えたところのようだ。

すぐにカートの扉を開けたのは嶺谷で、機内食をひとつずつ引き出して不備がないか確認している。

その横を緊張しながら通ったが、チラッと見られただけでなにも言われない。

化粧室やギャレーなど、和葉がキャビン内を点検している間、他のＣＡたちともすれ違ったけれど、誰からも声をかけられず皆が黙々と仕事をしていた。

（注目度が下がった気がする。五十嵐さんの婚約者だという私の噂には飽きた？）

ホッとして客席を見回すと、座席のディスプレイの中央に円い輪が現れてクルクルと回転しているものが一台あった。

電源を入れ直しても同じ状況なので、無線で交換の連絡を入れる。

これもライン整備士の仕事のうちだ。

新しいディスプレイが来る前に故障しているものを取り外そうとした和葉は、作業着の後ろポケットに手を伸ばし、目を瞬かせた。

（あれ？ドライバーがない）

整備士のカバーオールには工具をしまうポケットがたくさんついている。

他のポケットも探したが見つからず、たちまち焦りだした。

（うそっ、どこかで落とした⁉）

この航空機に乗り込む前に身につけている工具を点検したが、その時には確かにあった。それ以降、今、使おうとするまで取り出さなかったので置き忘れではない。

慌ててキャビン内で自分が通った通路を確認したが見つからず、コックピットに駆け戻る。

「どうした？」

副操縦士席で離陸前の計器のチェックをしていた五十嵐に問われ、早口で説明する。

「私のドライバーがないんです。すみません、席の周囲を探させてください」

「ドライバー？　お前がここを出ていく時に、後ろポケットに入っていたのは覚えているが」

それならばコックピット内にはないということだ。

念のために足元や狭い隙間までライトで照らして確認したが、やはり見つからなかった。

「キャビンも見たのに。どうしよう……」

冷や汗が背中を流れ、鼓動が嫌な音を響かせる。

たかが工具の一本をなくしたくらいで、というわけにいかないのが航空業界だ。

どこかの配線に触れて故障に繋がる恐れがあるからだ。

見つかるまで離陸はできず、搭乗開始の遅れや機材交換の可能性がよぎった。

「大変申し訳ございません。私の不注意です」

手を震わせて深々と頭を下げると、腕を掴まれて顔を上げさせられた。

怖いほどに真剣な顔が近くにあり、思わず鼓動が跳ねる。

「謝っている暇はない。搭乗開始までまだ二十八分あるから、もう一度キャビンを探すんだ。俺は機長と本部に遅れの可能性を報告する。和葉はキャビンクルーに伝えてくれ。整備とクルー全員で探せばきっと見つかる」

「は、はい」

怒るのではなく解決に向けて指示してくれた彼に頼もしさを感じ、いくらか冷静さを取り戻した。

おかげで震えは止まったが、締めつけられるように胸が痛い。

整備士になって五年ほど、予期せぬアクシデントに慌てた経験は何度かある。それらは和葉のミスではなかったため罪悪感はなかったが、今回は自責の念に押しつぶされそうだ。

しかし泣いている場合ではないと血がにじむほど唇を噛み、キャビンに駆け戻ると美玲を探して事情を説明した。

「五十嵐さんが今、機長と本部に連絡してくれています。クルーと整備士でキャビン内を探すよう指示を受けました。ご迷惑をおかけして大変申し訳ございません。どうか探すのにご協力をお願いします」

「わかりました」

すぐにCAを集め、手分けして探すよう指示をしてくれた美玲だが、和葉に向けられた視線には以前のような優しさはない。

(美玲さんに睨まれた。でもそうなるのは当然。搭乗開始時間が迫っているのに、ドライバー探しをさせているんだから)

非難を口にしない美玲とは違い、嶺谷には詰め寄られる。

「自分の仕事道具もまともに管理できないの？　調子に乗ってるからそんなミスをするのよ」

「嶺谷さん、やめて。責めている時間はないのよ。なんとしても見つけないと」

「皆さん、本当に申し訳ございません。どうかよろしくお願いします」

外にいる整備士にも無線で連絡し、総勢二十人で機内を捜索する。

和葉が通った場所もそうでない場所も、隅々まで確認すること五分ほどして、「ありました！」という声が聞こえた。

トイレ内を探していた和葉が大急ぎで出ると、機体の中央あたりの通路に皆が集まっていて、嶺谷がドライバーを右手に掲げていた。

(よ、よかった……)

心底ホッとして足から力が抜ける。

体がふらついて転びそうになると、後ろから伸ばされた誰かの腕に支えられた。

「大丈夫か？」

「はい。あの、たった今、嶺谷さんが見つけてくださいました」

嘆息して口元を緩めた彼の後ろには、この便の機長がいる。

白髪交じりの短髪の機長の名前を和葉が知らないのは、外部から派遣されたパイロットだからだ。

スカイエアライズはここ数年、機長不足で、派遣パイロットに頼らざるを得ないフライトもあるようだ。

「ご迷惑をおかけしました」

深々と頭を下げると、軽く頷いた機長が五十嵐と話しだす。

「予定通りのタイムスケジュールでいけますか？」

「はい」

「では私はコックピットにいます。キャビンのことは五十嵐さんに任せますので」

「承知しました」

搭乗開始時刻に変更がないのなら、今回の件はアクシデントではなく、インシデントとして報告することになりそうだ。

機内のすべてに責任を持つのは機長だが、派遣パイロットなので五十嵐が事後処理を担当するのだろう。改めて申し訳なさがつのる。

眉尻を下げた和葉を励ますように、背中に大きな手が添えられた。

「行こう」

集まっている皆の方へ近づくと、得意げな嶺谷にドライバーを返される。

「嶺谷さん、ありがとうございました。皆さんも、ご迷惑をおかけしました。このようなことが二度と起こらないよう気を引きしめます」

「まったくよ。すぐに見つかってよかったけど、離陸が遅れたら困るお客様もいるってこと、忘れないで」

「はい。それで、どこにあったんですか？」

嶺谷が指を差したのは、ストウェッジという乗客の手荷物をしまう上部の棚だ。

（えっ⁉）

この便に乗り込んでから和葉はストウェッジを開けていない。離陸前のライン整備では座席回りやトイレまで見るけれど、不具合の報告がない限りそこまで確認しないのだ。

（どうして……）

和葉は静かに混乱し、他の整備士たちはざわざわしている。

先輩整備士のひとりに「開けたのか？」と問われて首を横に振り、嶺谷に疑惑の目を向けた。

「あの、ストウェッジに置き忘れることはあり得ないんですけど、どうしてですか？」

嶺谷にはかなり前から嫌われている。最近、素敵な出会いがあったようで、和葉のことはどうでもよくなったのかと喜んでいたのに、油断させておいてこんな嫌がらせを企んでいたのだろうか。

疑われていると気づいた嶺谷がたちまち怒りだした。

「はあ？　私があなたの工具を盗って隠したと言いたいの？　そんなバカな真似をするわけないでしょ。人のせいにしないでよ」

「で、ですが、私はストウェッジを開けていません」

「忘れているだけじゃないの？　もしくは責任逃れで嘘をついているのか」

「嘘じゃないです。開けていないのも確かです」

強気に言い返すと、五十嵐が間に入った。

「嶺谷さん、ドライバーが入る大きさのビニール袋が機内にあれば持ってきてくださ
い」

「ビニール袋？」

「理由はあとで説明しますので急いで。ドライバーの捜索で機内に入った整備士の方は持ち場に戻ってください」

和葉以外の整備士は皆、降機し、あとには七人のCAと和葉と五十嵐が残った。

嶺谷が持ってきたジッパーつきのビニール袋に和葉がドライバーを入れると、五十嵐がそれを持った。

(なにをする気？)

美玲が不服そうな目を五十嵐に向けている。

「搭乗開始まであと十六分です。まさか、これから犯人捜しをする気ですか？」

「そうです」

「金城さんの言い分を信じて、私たちを疑うんですか？」

婚約者だからかばうのかという非難の声があちこちからあがり、和葉はハラハラする。

他社の噂話だが、横暴な指示に怒ったCAたちが結束し、そのパイロットの便の乗務拒否があったそうだ。

そうなっては大変だと思い、自分のミスにした方がいいのではないかと迷い始める。

（一番大事なのは安全運航で、できればオンタイム。このままでは搭乗が遅れそうだし、コックピットとクルー間の連携が崩れるのは怖い）

これまで五十嵐が言い寄ってくる女性職員を冷たく突き放すことができず、対応に困っていたのは、信頼関係を壊さないためだろう。

最善のパフォーマンスで飛ぶためには個々の技術だけでなく協力が必要で、有事の際には相手を信用できるかがさらに重要になるはずだ。

「あの、やっぱり私の——」

自分のせいだと言おうとしたが、彼に遮られる。

「やっていないことをやったと言うな。間違いなくストウェッジを開けていないのなら胸を張れ」

「五十嵐さん……」

信じてくれて目頭が熱くなる。

けれどもCA全員が怒っているという状況は変わらず、美玲までが険しい顔をしていた。

「金城さんに失礼な発言をしていた人がいるのは知っていますが、私たちキャビンクルーは運航に支障を及ぼすような真似をしません。職務に誇りを持っていますので。

私たちを信じられないのなら、五十嵐さんがこの便を降りてください」

緊迫した空気が肌に刺さる。

五十嵐に鋭い視線を向ける美玲からは、チーフパーサーとして仲間を守ろうとする信念が感じられた。

しかし気圧されそうな和葉と違って、彼は動じずに淡々と言い返す。

「私も信じています。クルーの志がある者なら整備士に嫌がらせをしないと。今回の犯人はクルーと呼びたくない。信用できない者と飛ぶわけにいかないから、たとえ離陸が遅れようとも犯人を見つけ出す。乗客乗員の安全のために」

CAたちは不服そうな顔をしながらも安全のためと言われると反論できず、和葉は自分が我慢すればいいと思っていたことを反省した。

黙り込む皆を見回した五十嵐が、ドライバーの入った袋を胸の高さまで持ち上げた。

「空港警察に運航妨害の被害届を出し、証拠としてこれを提出します。金城さんと嶺谷さん、ふたり以外の指紋が出たらその人が犯人です。ふたり分の指紋しか出なければ、嶺谷さんが疑わしい」

「私じゃないと言っているでしょ！」

嶺谷の怒りの声に混ざり、微かな驚きの声が聞こえた。

その方向を見ると、ふたり並んだＣＡの背後に緑沢がいた。

（あ、緑沢さんもいたんだ）

いつも無表情で大人しく、更衣室では和葉が挨拶をしても返事をしない人だ。

陰が薄いので気に留めなかったが、今は無表情ではなく、落ち着かない顔に見えた。

（まさか、緑沢さんが……？）

犯人の可能性を考えたが、すぐに否定する。

（嶺谷さんなら動機があるけど、緑沢さんにはないでしょう）

五十嵐の婚約者だという和葉の噂で持ちきりだった時も、少しも関心がない様子で目も合わなかった。

恨まれる理由がないと判断した次の瞬間、彼が袋ごとドライバーを床に落とした。

「おっと」

なんとなくわざとらしい感じがして不思議に思いつつも、和葉は屈んで拾おうとする。

その時、「キャッ」と声があがった。

ＣＡふたりを突き飛ばす勢いで前に出た緑沢が、和葉より先にビニール袋を拾い上げたのだ。

皆が驚く中で彼女はジッパーを開けようとしており、その両手首を五十嵐に掴まれ阻止された。

「和葉、誰にも触れさせないようにドライバーを持ってろ」

「は、はい」

必死な形相の緑沢がビニール袋を離そうとしないので、中のドライバーだけ取り出した。

胸に抱きしめるようにしてそれを隠し、三メートルほど下がって距離を取る。

それでもまだ緑沢はこちらに向かってこようともがいており、和葉は信じられない思いで彼女を見つめる。

(これって、やっぱり緑沢さんが……)

五十嵐の厳しい声が響く。

「証拠に触れようとした理由はただひとつ。すでにドライバーに君の指紋がついており、調べられると困るからだ。自首したようなものだろ。諦めろ」

「ち、違います。私じゃありません」

「認めないのなら本当に警察を介入させるぞ。逮捕されたいのか?」

被害届の提出は、犯人をおびき出すために言っただけのようだ。

緑沢は一瞬、迷ったような顔をしてから、諦めたように力を抜いてうつむいた。

「私がやりました。申し訳ございません……」

（どうして緑沢さんが。私、なにか恨まれるようなことをした？）

考えても思いあたらない。

ストレス解消のいたずらのつもりだったのか、それとも迷惑行為が好きなのかと考えたが、そんないい加減な人が厳しいCAの世界で活躍できると思えなかった。

しかし困惑しているのは和葉だけのようで、どうしてこんな真似をしたのかと問うCAはいない。

なぜか皆がそろって気の毒そうに彼女を見ており、誰かがボソッと呟いた。

「諦められないって、つらいよね……」

（なにを諦められないの？）

説明してほしかったが、時間切れのようだ。

腕時計に視線を落とした五十嵐が、しんみりとした雰囲気を破るような声で指示をする。

「七分後に予定通り搭乗を開始します。チーフパーサーは緑沢さんをオフィスに連れていき、事情説明をして至急、交代要員の手配を。他のクルーは通常通りの業務に戻ってください。この件にお客様は無関係です。桃園国際空港行きのお客様に最高のフライトを。気を引きしめていこう」

「はい」

うなだれる緑沢を連れた美玲が搭乗口へ向かう。

他のCAたちはきびきびと動きだしたが、和葉はポカンと口を開けて動けずにいた。

（あんなに焦ったのに、あっという間に解決した。本当にオンタイムで飛べるなんて……）

和葉が原因のアクシデントにならずにすんだのは、すべて五十嵐のおかげだ。

隣の彼を見ると視線が合い、鼓動が大きく跳ねる。

（この頼もしさ。かなりマズイでしょ）

CAたちが和葉の落ち度だと決めつける中で、彼だけは信じてくれた。

胸の中がぎゅっと締めつけられるように熱い。

恋へと走りだしそうな予感に焦り、まだ惚れていないのを確かめようとして自分に問いかける。

（ボーイング777X機と五十嵐さん、どっちが素敵だと思う？）

ボーイング777シリーズの新型機は、主翼の端を折り曲げることができる民間旅客機初の仕組みを搭載している。これにより誘導路の幅の制限に引っかからず、これまで乗り入れができなかった空港も利用できる。

再来年にはスカイエアライズもこの新型機を導入するという噂を聞いて、今からワクワクしていた。

(どうしよう……選べないくらい、どっちも素敵だ)

女避けに利用しようとして結婚を目論む人を、絶対に好きにならないと思っていた。それなのに今、どうしようもなく胸が高鳴っている。

(これじゃ五十嵐さんの思うつぼ。好きになってはダメなのに……)

恋心があると自覚した途端、急に恥ずかしくなってまともに顔を合わせられず、熱い頬に気づかれないように頭を下げた。

「助けてくださってありがとうございました。このご恩は一生忘れません」

「ずいぶんと他人行儀な言い方だな」

クスッと笑った五十嵐がコックピットの方へ爪先を向けた。

「和葉のせいではないのだから気にするな。仕事に戻ろう」

「はい。このドライバーは?」

「犯人がわかったから、証拠として保存はいらない」

「あの、緑沢さんはどうなるんですか?」

歩きだした足を止め、搭乗口の方へ視線を向けた彼が一拍置いてから答える。

「処罰を決めるのは俺ではなく、上層部だからな……」

苦い思いを抱えていそうな低い声。

彼自身は処罰を望んでいないように聞こえ、緑沢への同情を感じた。

(怒ってもいいはずなのに)

和葉は怒りを感じており、できればもう同じ空港で働きたくない。

この桃園便が危うく和葉のせいで遅延しそうになったのだから当然だろう。

他のCAたちも緑沢に同情的な視線を向けていたのを思い出し、疑問を深めた。

しかし考え込んでいる暇はなく、外に出て離陸前の通常業務に戻る。

それから五十分ほどして、搭乗橋を切り離した機体が特殊車両によりプッシュバックされてゆっくりと動きだした。

見送りのため他の整備士やグランドハンドリングのスタッフと一緒に整列すると、機首の窓からコックピット内が見えた。

五十嵐と視線が合った気がするが、遠目なので自信はない。

(どうして怒らないんですか?)

彼は今夜、台湾で一泊するので、その問いを投げかけられるのはしばらくあとになる。

誘導路に向かう機体に手を振りフライトの安全を願いつつ、モヤモヤとした思いも抱えていた。

ドライバー事件から十日ほどが過ぎた週末。世間では休日でも、航空業界は通常営業だ。

朝六時、起床したばかりの和葉はパジャマの上に青いカーディガンを羽織って急いで自室を出た。

(五十嵐さん、まだいる？)

今日の彼は国内線の乗務で、午前の早い便だと言っていた。

見送りたくてリビングのドアを開けると、私服のジャケット姿の彼がコーヒーカップをキッチンに下げたところだった。

(よかった！)

「おはよう。俺はもう出るぞ」

「いってらっしゃいまへ」

(まへ⁉)

第一声でミスをして恥ずかしさに顔が熱くなる。

こちらに流された視線とフッと笑った横顔が眩しいが、まばゆい朝日のせいにして目を逸らし、高まる鼓動と闘う。

些細な日常のやり取りで心が乱れるのは、恋心に気づいてしまったせいだ。

おかげで家にいるのに緊張し、気が休まらない。

(好きだけど、まだ大丈夫。現在地は滑走路を走りだしたくらいだから)

恋心の程度を飛行機にたとえて考える。

大空に飛び立てばすぐに引き返すことはできないが、まだ滑走路上でタイヤは地を離れていない。ブレーキをかければ止められるということだ。

(百日の期限が来るまで耐えるんだ。私は負けない)

近づいてくる彼にドアまでの進路を譲ったが、目の前で足を止め、顔を覗き込まれた。

「どうした?」

「な、なにがですか?」

「最近、お前と目が合わない」

内心ギクッとしたが、意識しているとバレないよう視線を交えた。

動悸が加速するのに耐えて、ぎこちなく微笑む。

「私はいつも通りですよ」

「嘘つけ。俺と話すのが嫌なのか？」

「そんなこと――」

「それとも、俺に惚れたのか？」

遠慮なく腰を引き寄せられ、拳三つ分の距離まで顔を近づけられた。

自信のありそうな笑みを口元に浮かべた彼は、意地悪で艶っぽい表情をしている。

普段は清涼感のある切れ長の目が色気をにじませて細められた。

（エ、エマージェンシー）

「正直に言えば？　俺に惚れたと」

からかわれているとわかっていても、魅惑的な声で誘うように問われると頷きそうになる。彼が作り出す甘い雰囲気に呑まれ、近づく距離に合わせて目を閉じかけた。

（爽やかでいい匂いがする。拒まないといけないのに、なにも考えたくない）

もうどうにでもなれという気持ちで、唇が触れ合うのを期待した時――。

彼のジャケットのポケットで携帯が鳴り、すぐに切れた。

「到着の知らせだ」

パイロットはタクシー通勤で、到着時にワンコールするよう運転手に頼んでいたらしい。

甘い雰囲気が一瞬で壊れ、ハッと我に返った和葉は飛びのくように離れた。

全力疾走したかのように呼吸が乱れている。

「は、反則です！　そんな攻撃、誰だってドキドキしてうっかりその気になります。しかもその顔だもの。鏡見たことないんですか？　悪魔的にかっこいいと自覚してください」

「褒め言葉か？」

クッと意地悪そうに笑われて悔しくなる。

「苦情です」

「俺の容姿がお前の好みに合うのはわかった。あとは早く中身にも惚れてくれ」

「無理です。私に気もないのに、落としてやろうと企む人はお断りです」

「気はあるが」

（えっ？）

じっと見つめてくる目が誠実そうで、うっかり鼓動を跳ねさせる。

しかしこれも作戦なのだろうと思うので、期待しないようにと強く心に言い聞かせた。

「騙されません。期限がきたら、私は勝利宣言をしてこの家を出ますから」

強気な視線をぶつけると嘆息され、残念そうな目で見られる。

「俺はふたり暮らしが楽しい。お前は？」

「私は……」

「百日で終わるのが惜しいと思わないのか？」

答えられない和葉を残し、彼がリビングを出ていった。

玄関ドアが開閉する音がしてシンと静かになり、やっと緊張を解いた和葉はソファに深く腰を沈めた。

（一生、女避けとして利用されるのは嫌だけど、百日でさよならするのも結構つらい気がしてきた）

心の揺れを感じ、迷い始めた自分を悔しく思う。

意地っ張りの負けず嫌いは子供の頃からの性格だ。

（こんなの私らしくない。悩むのはやめよう。さあ出勤の支度をしないと。今日も愛しい航空機たちが私を待っている）

わざと鼻歌を歌って気分を盛り上げ、仕事のことで頭をいっぱいにしようと努力した。

早番で出勤した和葉は、午前中の二機目の整備を終えて出発する機体を見送った。

そのあとにチームリーダーからの指示を浅見に伝えられる。

「金城は十五分休憩に入れって」

昼休み以外にも一時間の休憩を取る決まりなのだが、担当便の合間を縫って入らなければならないのでどうしても細切れになってしまう。

「わかりました」

格納庫の端にある、整備士の休憩室へ行く。

中はベンチが四つと丸テーブルが三つ、自動販売機にウォーターサーバー、小型冷蔵庫と電子レンジ、ポットがある。

ここで弁当を食べる人もいるが、今は昼休みには早い。和葉と同じように小休憩に入った整備士四人が、飲み物を片手に携帯をいじっていた。

(十五分って水分摂取以外やることがなくて暇だ)

和葉の携帯はここから遠い女子更衣室のロッカーの中なので、小休憩中に取りに行けない。

ベンチに座り水を飲んでぼんやりしていると、ドアが控えめにノックされた。

出入り自由の休憩室をノックする整備士はいないので皆が振り向くと、そっと開いたドアから顔を覗かせたのは美玲だった。

和葉と視線が合うと、ホッとしたように手招きする。

美玲とはドライバー事件以降、会っていなかった。

なんだろうと思いつつ、急いでドアまで行く。

「美玲さん、おつかれさまです。私に用事ですか？」

「そうなの。休憩中にごめんなさい。少しだけ話せない？」

「いいですよ」

和葉が休憩室にいるのは他の整備士に聞いたそうだ。

ふたりで格納庫の端にある鉄階段を上り、運航整備部の管理棟へ繋がる連絡通路へ行く。この時間は人通りがなく、話しやすいと思ったからだ。

向かい合うと、美玲に深々と頭を下げられ驚いた。

理由がわからず困惑していると、彼女が申し訳なさそうに話しだす。

「金城さんの言い分を信じずに失礼な言い方をしました。ドライバーの件はクルーの管理ができていなかった私にも責任があります。大変申し訳ございませんでした」

あの時の美玲は、自分たちCAの中に工具を盗んで隠すような者はいないと強く主張していた。直接的な言い方で批判されなかったけれど、和葉の落ち度だと決めつけていた雰囲気だった。

優しかった美玲に睨まれショックだったのは確かだが、チーフパーサーという立場上、クルーを守ろうとするのは当然だと思うので怒ってはいない。

「美玲さんは悪くないです。もし同じ立場だったら、私も仲間を信じたと思います。緑沢さんからも謝罪を受けましたし、私の中であの件は解決していますので」

「金城さんは心が広いのね。許してくれてありがとう。その緑沢さんだけど、辞めることになりそうよ」

事件の二日後、会議室に呼び出された和葉は、運航本部の上層部から事情を聞かれた。かなり緊張したが、和葉に責任がないことを認めてもらえたので安心した。

そのあとに緑沢から謝罪を受けた。

『金城さんには多大なるご迷惑をおかけしました。あの便に携わったすべての方にも。深く反省しております。大変申し訳ございませんでした』

その時は彼女の進退についてなにも聞かされなかったので、厳重注意くらいですむと思っていた。

「辞表を提出するよう言われたんですか？」

謝罪されても完全に許していないが、辞めると聞いて動揺した。

他の多くのＣＡと同様に、彼女も花形職業に憧れ努力して就職したのだろう。

それを失うのはつらく悔しいはずだと思うと同情が湧いた。

（配置転換や他空港への異動で許してもらえないかな。被害者からのお願いとして上層部に意見しに行こうか）

そんなことを考えていたら、美玲が首を横に振った。

「違うわ。周囲は止めたのに、緑沢さんが辞職を強く希望したの」

（罪悪感か、それとも周囲の目を気にして？　私だったら、なにがあっても絶対に辞めないけど……）

緑沢の今の気持ちも、なぜあんなことをしたのかもわからない。

他のＣＡたちや五十嵐が彼女に同情的だったのも、まだ疑問のままだ。

事件の翌日に帰宅した彼に聞こうと思ったのだが、気づいてしまった恋心のせいで話しにくくなってしまった。

彼の頼もしさや信じてくれた喜びを思い返すと、ときめきで胸が苦しくなるからだ。

しかし、疑問を残しては事件解決と言えないと思い直した。

「緑沢さんのことがわからないんです。私はなにを恨まれていたんでしょう？　ＣＡさんも五十嵐さんも、どうして緑沢さんを怒らなかったんですか？　教えてください」

「そう聞くということは、五十嵐さんはなにも説明していないようね」

話すのをためらっているような顔の美玲に「お願いします」と頭を下げた。

「私が話していいものかわからないけど、金城さんは被害者だから聞く権利があると思う」

そのような理由をつけて彼女が話しだす。

「緑沢さんがあなたのドライバーを盗った原因は、四年前にあるのよ。五十嵐さんを巡ってＣＡふたりがオフィスで争った話を聞いたことない？」

「あります。もしかして、緑沢さんが？」

「そう。私は当時一年目で研修期間だったから、直接見たわけじゃないけれど——」

今は影が薄い緑沢だが、四年前までは明るく華やかで輪の中心にいるタイプだったそうだ。

五十嵐に好意を寄せていた彼女は『一生に一度の恋』だと周囲に触れ回り、彼に近づく者が出ないよう牽制していた。

しかし、それを意に介さず積極的に彼に近づく後輩CAがいたらしい。

「その人は、相談があると言って五十嵐さんを飲みに誘っていたそうよ。緑沢さんにしたら、先輩である自分が狙っているとわかっていながら陰でコソコソとアプローチして、許せないと思ったのかも。それで喧嘩になってしまった」

彼に近づかないようにと声をかけたのは緑沢だが、言い争いの末に先に手を上げてしまったのは後輩だった。突き飛ばされた緑沢は不運にも机の角に頭をぶつけて怪我をし、しばらく仕事を休むことになったという。

後輩の方を他空港に異動させるというのが上層部の決定で、それを不服とした後輩は辞表を出した。

緑沢は厳重注意の上、同じ部署に残ることを許されたが、その件以降、急に大人しくなり人を避けるようになったそうだ。

「後輩を辞めさせたCAだとずいぶん噂されたから、それがきつかったのか、それとも処分が決まるまでの間、職を失うかもしれないという恐怖を味わったからか。私にはわからないけど、人が変わったように暗い印象になったんですって」

五十嵐を追いかけるのはやめると自ら上層部に約束したそうで、恋より仕事を選んだということになるが――。

「五十嵐さんのこと、まだ好きなんですね?」

眉尻を下げて和葉が問う。

ドライバーを盗って隠した原因は、五十嵐の婚約者である和葉に対する嫉妬だろう。これまで和葉になんの関心もないように見えたが、内心では悔しさと闘っていたのかもしれない。

諦めきれずに苦しい恋を続けていたのだと思うと可哀想に感じた。

事件の日、キャビンにいた和葉以外の人たちが緑沢に同情的だった理由がやっとわかったと思ったが、美玲に否定された。

「私もそう思っていたのだけど、今回の件で緑沢さんと話した時に、恋心はないとはっきり言われたわ」

「えっ、だったらどうして私を狙ったんですか?」

「なんと言ったらいいのかしら」

緑沢は、誰かに陰口を叩かれようとも生き生きと働いている和葉が羨ましかったそうだ。

五十嵐への未練はないが、自分が得られなかった恋を手に入れたのも妬ましい。

見かけるたびに和葉と自分を比べて苦しくなるので、なるべく視界に入れないようにしていたという。

（だから目も合わないし、挨拶しても無視されたんだ）

それでも嫌がらせをしようという気持ちは一切なかったのだが、事件の日、和葉がキャビンの配電盤の扉を開けて確認中に後ろを通りかかり、気づいたらポケットからドライバーを抜き取っていたそうだ。

どうしてやってしまったのかはわからないが、その一瞬に考えていたのは、和葉になりたいという強い憧れだった。

どうやって返そうかと焦っていたら他のCAがこちらに向かってきたので、慌てるあまりにストウェッジに隠してしまったという。

運航を遅らせ、それを和葉のせいにしようなどとは微塵《みじん》も考えていなかったそうだ。

「そうだったんですか」

自分では憧れてもらえるような人間だと思っていないが、苦しめていたのかと思うと申し訳なく、緑沢にされたことへの怒りは完全になくなった。

代わりに辞めないでほしいという思いが強まる。

（一生に一度の恋より、仕事が大事だったんでしょ？　どうして自分から辞めようとするの？）

「美玲さん、緑沢さんを止めてください」

「そうしたいけど——」

緑沢が辞める理由は、自分が怖いからだという。自分の意思とは関係なくドライバーを盗ってしまったのだから、二度とやらないと約束できる自信がないそうだ。

二度と同じような事件を起こしたくないから辞表を出したらしい。

「だったら、地上職への異動を希望すれば——」

「五十嵐さんもそう言っていたわ。辞めると言った彼女を説得しようとしていたのよ。責任を感じているみたい」

ことの発端が四年前の自分を巡るトラブルにあるからだろう。

しかし当時は一方的に好意を寄せられ、女の争いに巻き込まれただけである。

責任を感じなくていいのにと和葉は思い、それは美玲も同じようだ。

「真面目なイケメンって大変ね」

「私もそう思いました」

深刻な話をしていたのに、ふたりで顔を見合わせて吹き出した。

ひとしきり笑ってから、美玲が嘆息して話を戻す。

「地上職を勧められて緑沢さんはこう言ったのよ。『空を飛ぶのが好きでＣＡになったんです。地上に降りるなら辞めます』。それを聞いて五十嵐さんは黙って頷いていた。私も止めるのはやめようと思ったの」

(緑沢さんの気持ちがやっとわかった)

彼女の飛ぶことへの想いは、和葉が機体に向けている愛情と同じだ。

和葉も航空機に触れられない部署への配置転換を命じられたら辞めたくなりそうだ。

「私も緑沢さんの気持ちを尊重します」

「ありがとう。許すことのできる金城さんは懐が広いわね。私、あなたの仕事への向き合い方が好きよ。素晴らしい整備士だと感じているわ」

「そんな、私なんてまだまだです。最年少チーフパーサーの美玲さんの方がずっとすごいです」

謙遜ではなく心からそう思う。

航空整備士として努力してきたけれど、同期と比べて抜きん出ているわけじゃない。

特別に優秀なのは間違いなく美玲の方だが、なぜか自己評価は低いようだ。

「今回の件で未熟さを痛感したの」と、遠くを見るような目で言う。

「私は仲間であるクルーを信じようとしたけど、五十嵐さんはこんなことをする者はクルーの資格がないと言った。それが胸に刺さっている。一番大切なのは安全なフライトなのに、そこを間違えるなんて。反省したわ。振り返ってみると、仲間を守ろうとしたのも自己保身かもしれない」

出世が早いのは父親が乗員室長だからだと、これまで陰口を叩かれてきた。

これ以上嫌われると指示が通りにくくなるという思いから、仲間を守ろうとしたというのが彼女の自己分析だ。

(それだけじゃないように感じたけど。美玲さんは自分に厳しい人なんだ)

感心していると、美玲が数秒黙ってからクスッとした。

「気づいたのはもうひとつあるの。五十嵐さんを見直した。失礼かもしれないけど、今までは操縦技術と見た目だけ優れたコーパイだと思っていたの。人気にあぐらをかいているところがあるんじゃないかと、粗探しをするように見てしまっていたわ。父があんまり彼ばかり褒めるから。私のことも褒めてほしいと嫉妬してたのよ」

「そうなんですか」

美玲の父、堂島室長は若干強面で厳しい人だと聞く。

娘の前でそういう話をしているとは意外だが、婚約者を褒められて嬉しくなる。

(婚約者といっても形だけ。私が照れることないのに)

的確な判断力や解決力、説得力や思いやり——今回の件で五十嵐に感じた思いをひとつひとつ噛みしめるように言葉にした美玲が、ふと真顔になって和葉を見た。

「ねぇ、今から五十嵐さんを好きになっても遅い？」

「ええっ⁉」

不意打ちの宣戦布告は衝撃で、足を一歩引いた。

すると彼女がエレガントな腕時計に視線を落とし、ニッコリと微笑む。

「婚約しているのは知っているわ。冗談よ。フライトの時間だから行かないと。話を聞いてくれてありがとう」

急ぎ足で去っていくスタイルのいい後ろ姿を見つめ、和葉は胸に手をあてた。

（心臓に悪い冗談はやめて。美玲さんがライバルになったら、私に勝ち目はない）

そこまで考えて引っかかり、眉根を寄せた。

（勝ち目？　二か月後には家を出ていくつもりなのに勝負してどうするのよ。そもそも私と五十嵐さんは恋愛関係にないのに）

もし彼と両想いになれるのなら、期限後もあの家にいたい気持ちはある。

けれども、いつか好きになってもらえるという希望を見いだせない。

仕事一途で生きてきて、女子力が低いのは自覚していた。それならば期限でスッキリと別れた方がいいだろう。まだ淡い恋心がしっかりと形になってしまえば、片想いのままで婚約者を続けるのが苦しくなりそうだ。

和葉にとって一番大切なのは仕事で、それが手につかなくなるのだけは避けたい。

そう思うのに、美玲が彼に近づくのを想像すると胸が苦しい。

誰から見ても素敵な彼女を拒む男性がいるとは思えず、五十嵐が美玲を好きになる可能性も十分に考えられた。

そうなってしまえば和葉が女避けをする必要はなくなり、お払い箱だ。

(だ、大丈夫。冗談だと言っていたし……)

偽者の婚約者の自分には彼女を止める権利はない。

今の和葉にできるのは、焦りをごまかすことくらいだった。

ビーチとネックレス。負けず嫌いの片想い

十月の後半入っても日中はまだ暖かい。

今日の和葉は夜勤明けなのだが、整備士に向けた新型機の説明会に出席したため作業着を脱いだのは十一時半である。

空腹でさっきからお腹が鳴り続けており、帰宅するまで耐えられそうにないので空港内でなにか食べることにした。

（そうだ。テイクアウトして展望デッキで食べよう）

ここのところ晴天続きで、今日もフライト日和の青空だ。

離着陸する機体を眺めながらの素敵なランチに胸を弾ませた。

第二ターミナルの一階、到着ロビーに近いカフェに行き、入り口横に置かれているメニューの立て看板を見る。

今は目に入るすべてが美味しそうで、写真つきのメニューによだれが垂れそうになった。

（海老とアボカドのサンドイッチにしようかな。えっ、千二百円は高い。それじゃス

モークチキンと野菜の方に……同じ値段だ。飲み物をつけたら千七百円。どうする？

無理でしょ。コンビニにしよう）

間もなく正午になるところで、次々と店内に吸い込まれていく懐に余裕のある客たちが恨めしい。

お気に入りの青いカーディガンを羽織った肩を落としたら、ふいに後ろから呼びかけられる。

「和葉」

少し低くて爽やかな、いつも聞いている声だ。

鼓動を弾ませ振り向くと、凛々しい制服姿の五十嵐がこちらに歩いてきた。

キャスターつきのフライトバッグを引いており、どこかの空港から羽田に戻ってきたところのようだ。

たちまち加速する動悸に気づかれないよう、わざと素っ気ない口調で挨拶する。

「おつかれさまです」

「おつかれ。夜勤明けじゃなかったか？」

「そのあとに新型機の説明会があったんです。お腹が空いたので、サンドイッチを買って展望デッキで食べてから帰ろうと思ったんですけど……」

メニューの立て看板に眉根を寄せると、「来い」と言われた。

さっさと店内に入った彼を追いかけ、慌てて止める。

「ここ、高いので。コンビニにします」

「奢ってやる」

「えっ、やった！　ありがとうございます。海老とアボカドのサンドイッチとオレンジジュース。オニオンリングとマロンパイもいいですか？」

食欲に支配されるがまま、張り切って食べたいものを全部言うと、会計カウンター前の列に並んだ彼に呆れの目を向けられた。

「遠慮を知らないのか」

「そ、そうですよね。すみません、腹ペコだったのでつい。サンドイッチだけお願いします。もしかして五十嵐さんも金欠ですか？」

「お前と一緒にするな。俺はコックピットパネルを二十一万円で落札したりしないから昼飯代に困ることはない」

それは一昨日、和葉がネットオークションで購入した小型ジェット旅客機の計器板のことで、高額なのでボーナス払いにするつもりだ。

彼の家に住んでいる今は家賃と光熱費はかからず、一緒に食事をする時は食費も出してくれるので金銭的に楽になるはずなのに、浮いた生活費をついつい趣味に注ぎ込んでしまうため、金欠なのは変わらなかった。

「私のオークション事情をどうして把握しているんですか?」

「知られたくなければ、競り落とした喜びを部屋の中で叫ぶな。金額まで筒抜けだ」

「聞いていないふりをしてくださいよ」

言い合いをしている間も鼓動が弾み、心なしか顔が熱い。

普通に会話をしようと努力している状態なのを、彼は少しも気づいていないことだろう。

順番がきて店員に注文する彼はいたって平静で、いつも通りかっこいい。

端整な横顔をこっそり堪能していたら、注文の品数がやけに多いことに気づいた。

和葉が最初にお願いしたメニューの他にも二品、追加して会計している。

「クラブハウスサンドにブレンドコーヒー?」

「俺の分。さっきの復路便が今日のラストフライトだ」

午後はフライトシミュレーターの予約を入れているという。

本物とまったく同じ計器が揃った疑似コックピットで、画面を見ながら飛行訓練ができる装置のことだ。

そのため夜になるまで帰宅しないが、勤務は終わりなのだそう。

「報告書を出したら展望デッキに行く。食べながら待ってろ」

「はい！」

一緒にランチができるサプライズに満面の笑みで返事をし、慌ててすまし顔を作った。

秋空へ飛び立ちそうなほど舞い上がっているのに気づかれたくなかったのだが、クッと笑った彼に額を弾かれる。

「痛っ」

「隠しても遅い。素直に喜べよ」

意地悪な言い方をこれまでは迷惑に思っていたはずなのに、今はそれさえも嬉しく、照れ笑いする。

颯爽《さっそう》と店外に出ていく後ろ姿に見惚れてしまい、恋心の制御に苦慮した。

（マズイな……私）

品物を受け取った和葉は第二ターミナルの五階に上がり、展望デッキに出た。

眼下には駐機場、奥にC滑走路と東京湾が見える。

穏やかな空に向け飛び立ったのは、他社の大型ジェット旅客機だ。

（気持ちいい）

新人の頃はよくここに来た。

離着陸を眺めながら航空整備士という夢を叶えた喜びを味わっていたのだが、一人前の仕事量をこなすようになってからは忙しく、足を運んでいない。

久しぶりだと感動を思い出し、フェンスに駆け寄ってしばし景色を堪能した。

離陸と着陸を三回ずつ見た時、私服のジャケットをラフに羽織った五十嵐がやってきた。

「食べていないのか」

「あっ、お腹が空いていたのを忘れていました。久しぶりにここから滑走路を見たので嬉しくて」

「羨ましいな。バカがつくほど空港を好きになれるのが」

「言い方！」

ツッコミを入れた直後に目を瞬かせた。

（五十嵐さんは好きじゃないの？）

パイロットなのだからそんなはずはないと考え、ふと思い出す。

二十日ほど前に駐機場で御子柴から聞いた話だ。

『努力を惜しまず飛び抜けて優秀。五十嵐なら機長試験も最短でクリアするだろう。来年には最年少機長だ。それなのに空を飛んでいる時のあいつはいつもつまらなそうな顔をしている。なぜパイロットになったのか、気になって聞いてみたことがあるんだが』

答えはくれず会話を打ち切られてしまい、その疑問はまだ解消していない。

（今なら聞ける……？）

思いきってパイロットになった動機に触れてみようと鼓動を高まらせたが、彼が数メートル先を指さして歩きだした。

「テーブルが空いたぞ」

展望デッキにはベンチやテーブルつきの休憩スペースがいくつかある。天気のいい昼時は満席で、家族連れやカップル、ビジネスマンなど様々な人が利用していた。

「早く来い」

「あ、はい」

（やっぱり聞けない。楽しい雰囲気が壊れたら怖いから、またの機会にしよう）

白い丸テーブルに買ったものを広げる。

木目のベンチはテーブルに沿った形をしていて、ひとり分の間隔を空けて座った。

早速食べ始めると、オニオンリングはカラッと揚がっていて歯触りがよく、玉ねぎの甘みが優しい。コッペパンに具を挟んだサンドイッチは、海老のプリッとした食感とアボカドのクリーミーさがよく合っていた。

「美味しいですね」

「ああ」

肯定してくれた彼だが、特に感動もない様子で淡々とクラブハウスサンドを口にしている。

(最高に美味しいと思うのは、私だけ？)

航空機を眺めながらのふたりでのランチ。心の中ではしゃいでいるのは自分だけのようで、オレンジジュースを飲むふりして口を尖《とが》らせた。

その時、和葉の通勤用のバッグの中で携帯が鳴った。

取り出すと母からで、帰省の日にちを問うSNSアプリのメッセージだった。

金欠と忙しさで、今年に入ってから一度も帰っていない。

高齢の祖母に会わなければとずっと気にしていたので、近々帰る話を母にしていた。

それで来月上旬の四日間の休暇を申請し、許可されたのは昨日である。

母にメッセージを返しながら、五十嵐にも帰省予定を伝える。

「来月、祖母に会いに沖縄に帰ります」

「何日？」

日付を答えると、彼は自分の携帯を出して勤務スケジュールを確認している。

「和葉の帰省の二日目に俺も那覇便だ」

「そうなんですか」

普段から国内のあちこちに飛んでいる彼なので、特段の驚きはない。

携帯を置いてサンドイッチの続きを食べ、オレンジジュースで喉を潤していると、驚く提案をされた。

「十一時半頃に那覇空港に到着して、復路便で飛ぶまで三時間ある。中抜けを申請しておくから、お前の実家に挨拶に行きたい」

思わずジュースのカップを倒しそうになり慌てる。

「挨拶って、なんのですか？」

まさかという思いで目を丸くすると、さも当然のようなすまし顔を向けられた。

「婚約と同棲についてだ。事後報告になったのはご家族に申し訳ない」

「そ、それはダメです！」

「なぜ？」

眉間に皺を寄せる彼に、焦って早口で説明する。

「家族には引っ越したことしか教えていないんです。ひとり暮らしをしていると思っているのに挨拶されたら、超大型台風到来並みの大騒ぎですよ」

「俺は天災か？」

「いえ、間違いなく大歓迎されます。結婚に縁遠そうな私が婚約者を連れてきたって、近所にも触れ回って、盆と正月がいっぺんに来たような状況になるんです」

誕生日やクリスマスなどのイベントは、親戚や近所の人も集めて宴会を開くのがお決まりだ。娘の婚約者の登場に、お祭り騒ぎになるのは目に見えていた。

そして大喜びさせた分、婚約解消を知らせた日には激しく落ち込ませてしまうだろう。

「期限まで一か月半くらいですよ。その日が来たら婚約解消するのに、挨拶はいらないですから」

自分で言っておきながら、迫る別れに胸が痛む。

それを隠して決意が揺るがないよう、強気な視線をぶつけた。

しかし彼は納得していないような顔で飲みかけのカップを置く。

「和葉が俺に惚れなかったら、の話だろ。婚約解消にはならない」

「五十嵐さんがものすごく女性にモテるのはわかっていますけど、それは自信過剰です。私は絶対に落ちません」

「へぇ、お前も大した自信だな。それなら今、試してみるか？」

ふたりの間に置いていた和葉のバッグを彼がよけると、間隔を詰めて座られた。

危険を察知したが一瞬遅く、肩に腕を回され、もう一方の手で顎をすくわれた。

なんともいえない色っぽい顔で微笑まれ、心臓が大きく波打つ。

たちまち甘い雰囲気に持ち込む彼に呑《の》まれそうで、和葉の心は大慌てだ。

（フェロモン出すのやめて。それ浴びると変な気分になるから……）

まだ流されずにいられるのは、周囲の人目を気にしているせいだ。

ザッと見回した限り、知り合いはいないようだが、空港関係者以外の人にならみられていいわけではない。

（こんな場所でキスされるのは困る——ん？　家の中ならいいってこと？）

自分の気持ちに疑問を投げかけている場合ではない。

ククッと笑いながらゆっくりと顔を近づけられ、慌てた和葉は食べかけのサンドイッチを彼の口に押し込んだ。

怯《ひる》んだ隙に肩から腕を外し、お尻の位置をずらしてひとり分の距離を取る。

（危ないところだった――あっ）

五十嵐が眉間に皺を寄せ、仕方ないと言いたげにサンドイッチを食べている。

残りは四分の一ほどになっていて、失ったものに気づいた和葉は文句をぶつけた。

「最後の海老、食べちゃったんですか？　三尾しか入っていなかったのに。返してください」

「お前が食わせたんだろ」

お返しとばかりにクラブハウスサンドが手荒く和葉の口に押しつけられた。

トーストした厚切りの食パンにローストターキーとベーコン、トマスやレタスなどの野菜が挟まっていて、まだほんのり温かい。

（五十嵐さんが口をつけたところ、食べちゃった……）

おそらく彼はなにも感じていないと思うが、恋愛に不慣れな和葉は照れくさい。

加速する動悸と闘いながら、目を逸らしてごまかすように呟く。

「美味しい。私もこっちにすればよかった」

「取り替えてやる」

呆れ声を気にして視線を戻すと、彼は東京湾の方を見つめていた。

心地よく吹き抜ける風に目を細め、口の端は気分がよさそうに上がっていた。

いよいよ帰省の日。

今朝は和葉が起きる前に五十嵐が出勤したため、四日後に東京に帰る日まで会えない計算になる。

マンションを出る時には寂しく思ったが、飛行機に乗り込めば家族の顔が頭に浮かび心が弾んだ。

八時十五分発、那覇空港行きは自社の便で、顔見知りのCAに会釈して窓際の席に座った。

CAたちはさすがプロといった仕事ぶりで、忙しさを感じさせない笑顔で丁寧に乗客の対応をしている。

自分だけくつろいでいるのが申し訳ない気がして小さくなっていると、搭乗橋が外された機体がゆっくりと動きだした。

やがてベルト着用サインが点灯し、滑走路を走る振動が体に伝わる。

それがフッと消えると窓には空が流れ、都会の街並みがどんどん小さくなっていく。

機内に立ち入るのは日常的だが、飛ぶのは久しぶりで気分が高揚した。

(機械いじりの方が好きだけど、乗るのも楽しい)

ベルト着用サインが消えると、飲み物のサービスが始まる。

「お飲み物はいかがですか？」

素敵な笑顔で声をかけてくれたのは嶺谷で、思わず和葉は身構えてしまう。

彼女と話すのは、緑沢にドライバーを隠された時以来だ。

「オレンジジュースを……」

「かしこまりました」

わざとこぼされたらどうしようと緊張したが、彼女は普通にサービスをしてくれて、そのあとになにか言いたげな笑顔で見られた。

『警戒しないでよ。失礼ね。わざとミスをするわけないでしょ』

(ですよね。嶺谷さんが職務に誇りを持っているのはわかっています。疑ってすみません)

『わかればいいのよ。お互い仕事は真面目に頑張りましょう』

思い過ごしかもしれないが、視線を交えていた三秒ほどで、そんな会話をした気分になった。

嶺谷が後列のサービスに移ったので緊張を解くと、流れている機内アナウンスに気づく。

コックピットから乗客への挨拶は通常業務なのだが、声に聞き覚えがありハッとした。

『当機は名古屋上空、高度三万八千フィートを時速八百五十キロのスピードで順調に飛行しております――』

（もしかして、五十嵐さん？）

『現在のところ定刻通り十一時二十分の到着を予想しております。那覇空港周辺の天候は晴れ。現在の気温は摂氏二十三度。最高気温は二十六度の予報が出ております――』

マイクを通すと若干声が変わるので確信が持てない。

那覇便で飛ぶのは明日だと聞いていたため、よく似た声の他のパイロットだろうかとも考えた。

『沖縄にご旅行の方、お仕事の方、帰省される方もいらっしゃると思います。どなた様にも快適なフライトとなるよう努めてまいります。到着までごゆっくりとおくつろぎください』

（やっぱり五十嵐さんだ）

よく聞いていると、『帰省される方』という部分だけ若干強調されていた。

和葉に向けて言ったのだろうと思うと照れくさく、鼓動が二割増しで高まる。

（スタンバイだったのかな。急遽この便を操縦することになったのかも）

先月、和葉の実家に挨拶に行くと言いだした時は焦って止め、中抜けはしないと約束してもらった。だから四日後まで会えないのは変わらないが、今もすぐそこにいると思うと寂しくなくなった。

（五十嵐さんの操縦する便に乗れるなんて、嬉しい偶然だ）

沖縄土産をたくさん買って帰ろうと考え、コックピットの方向に微笑んだ。

那覇空港に到着後、バスに乗り糸満《いとまん》市まで移動して実家に帰り着いた。

マンゴーやキウイがなる庭つきで、敷地内には古い母屋と築十年ほどの離れが建っている。

母屋には和葉の両親と祖母、兄弟が住んでいて、離れを使っているのは父の弟の叔父一家だ。和葉が上京するまでは十四人の大家族で暮らしていた。

「ただいまー」

玄関ドアを開けると、奥から「ねーねーだ！」という声がした。

沖縄では姉を〝ねーねー〟、兄を〝にーにー〟、両親は〝おとー〟〝おかー〟と呼ぶ。

玄関まで走って出迎えてくれたのは十七歳の妹の美月《みつき》。

和葉は五人兄弟の三番目で、美月は大家族の中で唯一の未成年者で高校生だ。美月以外の兄弟は就職し、長男は県内でひとり暮らしをしている。

健康的な肌色の丸顔にクリッとした目と低い鼻。血は争えないと思うような似た顔の妹に目を瞬かせる。

「あれ、学校は？」

今日は平日なのになぜ家にいるのかと思って聞いたのだが、「さぼった。みんなも」と悪びれない返事をされた。

「みんなも？」

賑やかな居間に入ると大家族が全員集合していて驚かされる。

「和葉、おかえりー！」

父と和葉の兄弟、叔父家族、それぞれ会社で働いているはずの面々も平日の昼間にのんびりしている。

目を丸くする和葉に、エプロン姿で台所から出てきた母が笑いながら言う。

「ちっとも帰ってこないから、みんな和葉に会いたいさー」

「日帰りじゃなく三泊するよ。休まなくてもいいのに」

「おとーは四連休さー」

（リストラされない？）

琉球畳を敷いた風通しのいい広い居間に大きな座卓があり、九十歳の小柄な祖母がちょこんと定位置に座ってニコニコしている。

「おばー、ただいま。元気だった？　なかなか帰れなくてごめんね」

一番会いたかった祖母の横に座って皺だらけの手を握る。

和葉がまだ小さい頃、大家族の世話に忙しい母の代わりに遊んでくれたのは、いつも祖母だった。飛行機を見に、バスで空港まで連れていってくれたこともあった。

大好きな祖母にご無沙汰を詫《わ》びると、『東京で頑張っている和葉はえらい』と、ディープな沖縄弁で褒めてくれた。

会うたびに小さくなっている気がするが、握り返してくれる手は力強く、まだまだ元気でいてくれそうでホッとした。

「これ、お土産だよ」

スーツケースから出してテーブルに置いたのは、東京土産の定番、ひよこの形をした饅頭《まんじゅう》だ。

祖母が好きなのでこれにしたのだが、ひとつ違いの弟に文句を言われる。

「せっかく東京に住んでいるのに、もっとお洒落《しゃれ》な土産にして。しかも十二個入り。一個足りないさー」

「あ、本当だ。それじゃ、あんたが我慢して」

「あきさみよー」

〝そりゃないよ〟という沖縄弁を聞くのも、陽気な家族の笑い声を聞くのも久しぶりで心が温まった。

時刻は十二時半を過ぎたところで、座卓に昼食が用意された。

ジューシーという沖縄風炊き込みご飯とソーミンチャンプルー、ポークランチョンミートと卵焼きを挟んだお握りに、昨夜の残り物と思われる煮物や炒め物だ。

「なんだかすごく懐かしい気がする。美味しそう。いただきます」

皆、食べずに待ってくれていたようで、和葉を中心に話に花を咲かせながら故郷の味を楽しんだ。

昼食後は半袖Tシャツと七分丈パンツに着替えた。

一緒に行くと言った美月だけを連れて自家用車を運転し、墓参りへ。

沖縄の墓参りといえば春の清明祭《シーミー》で、その時期に帰省できなかった和葉に、罰があたる前に手を合わせてきなさいという祖母の命令が下ったのだ。

ちなみに清明祭ではピクニックのように敷物を広げて重箱のご馳走を食べ、墓前で賑やかに宴会をする。他県民には信じられないだろうが、墓は大きく家みたいな形だし、風習がかなり違うのだ。

「あ、こんなところに中華料理屋ができたんだ」

地元の変化を楽しみながら運転していると、そんなことはどうでもいいと言いたげな助手席の妹に、ワクワク顔で別の話題をふられた。

「東京ってかっこいい人がたくさんいるんでしょ。彼氏できた？」

「いきなりなに？　人間の彼氏はいないよ。私の恋人は航空機だから」

五十嵐の顔が浮かんだが、あとひと月足らずで婚約解消する相手を教えるつもりはない。

久しぶりに会った姉がなにも変わっていないと知り、妹はつまらなそうに口を尖らせた。

「ねーねーはダメだね。せっかく可愛い顔しているのにもったいない」

「可愛い？　そんなふうに思ってたの？」

妹からの予想外の評価に喜んだが、なぜか美月が得意げに笑う。

「ねーねーは私に似てるでしょ」

「それ言うなら逆ね。私の方が先に生まれてるから」

「私って可愛いらしいよ。最近、クラスメイトふたりから告白されて、返事に迷っているところ」

「ふーん。なんていうか……うん、まぁ、よかったね」

まだまだ子供だと思っていたけれど、高校二年生なのだから彼氏ができてもおかしくない。

可愛いと言ってくれる男子生徒がいて姉としても喜ばしいが、きっと明るく無邪気な性格への評価だろう。

（顔は平凡だと教えるべき？　傷つけるのはよくないか。自分で気づくまでそっとしておこう）

「卒業後の進路は決めたの？」

「勉強したくないから就職する」

「上京するなら相談にのるよ」

「行かないよ。彼氏候補のひとりがお弁当屋の子で、卒業したらうちの店で一緒に働かないかと言われてるの。もうひとりはこっちの専門学校に行くって言うし、どっちを選んでも地元にいたい。結婚して子育てするのも実家が近い方が絶対いいと思う」

顔が似ていても、こういう面で性格の違いがわかる。夢を追って仕事一筋の和葉と違い、美月は恋愛や結婚、子育てに重きをおいているようだ。

(結婚後の人生設計まで考えているなんて。八つも年下の美月に追い抜かされた気分。私はもうすぐひとり暮らしに戻って、そこから先は恋愛と無縁の人生を送るんだろう。ずっと独身だな)

長年恋愛に興味を持たずに生きてきた和葉が今、恋をしているのは奇跡的な気がする。だから彼と別れたあとは、一生恋愛できないと確信していた。

(仕事さえ充実していれば幸せだと思っていたけど、少し寂しいかも……)

墓参りをすませて実家に戻ったのは一時間後だ。

玄関を開けるとやけに静かで、妹と顔を見合わせた。

さっきまで散らかっていた大家族の人数分のサンダルやスニーカーもない。

居間に入ると誰もいなくて、卓上には飲みかけのお茶と手つかずの茶菓子が、なぜかひとり分だけ置かれていた。

「どこに行ったんだろう。夕食の買い物?」

足腰が弱ってきた祖母まで連れて買い出しに行くのはおかしいと思いつつも問えば、

美月がポケットから携帯を出した。

「おかーから電話」

なにか言われて返事だけした妹が、電話を切って居間を出る。

「ビーチに来いって」

「ビーチパーティーするの？」

「うん。盆と正月がいっぺんに来たからお祝いだってさー」

「私が帰省しただけで？」

（ん？　盆と正月という言い回し、私も最近使ったような気がする）

いつだったかと考えたが思い出せず、妹と一緒にくぐったばかりの玄関を出た。

ビーチパーティーも沖縄ならではの習慣で、砂浜でバーベキューをしながら家族や友人とお喋りを楽しんだり、会社の歓送迎会をしたりもする。

自宅を出て五分ほど歩くと波音が聞こえてきて、砂利の細道を抜けると急に視界が開けた。

ヤシの街路樹が並んだ向こう側に広がるのは、白い砂浜と透き通る青い海。

ビーチには東屋があり、石のグリルとベンチが備えつけられている。

海水浴シーズンなら、早い者勝ちの利用だ。

沖縄といえども十一月に海水浴を楽しむ人はほとんどなく、シーズンオフの砂浜には和葉の家族と犬の散歩中の人しかいなかった。

(この光景も懐かしい)

子供の頃からお祝い事があればここでバーベキューをした。

久しぶりに思いきり肉を食べて酔い潰れようかと思い、のん気に東屋へ近づく。

「おかー、急なビーチパーティーだね。それとも用意していたの?」

「してないよ」

兄たちが今、足りない肉とビールを急いで買いに行っているらしい。

母は叔母と並んで野菜を切りながら言う。

「もっと早く教えてよ。そうしたら準備しておいたのに」

(帰省の予定は二週間以上前に伝えたけど?)

文句を言いながらも母はなぜか嬉しそうで、石のグリルの前で火起こししている父と叔父が「そうさー」と同意して笑顔で振り向いた。

そのふたりの間に見えたのは、グリルの向こう側のベンチにちょこんと座る置物のような祖母と、その横の——。

いるはずのない人がそこにいて、目を見開いた和葉は叫んだ。

「な、なんで五十嵐さんがここにいるんですか⁉」

パイロットの制服でも、見たことのある私服姿でもない。色あせたTシャツはおそらく兄のもので、ビーチパーティーで汚れるからと無理やり着替えさせられたのだろう。

こっちは盛大に驚いているというのに、彼はその理由に少しも思いあたらないような顔をしている。

「住所についてなら、ご実家からの宅配便の送り状に書いてあったが」

「そうじゃなくて――」

「和葉さんの帰省に合わせて、ご実家に挨拶に行きたいと話したよね？」

好青年風の笑みと、いつもとは違う口調に戸惑う。

(私の家族に気に入られたいんだ)

その魂胆《こんたん》に気づき、負けてなるものかと言い返す。

「私は挨拶しなくていいと言いました。中抜けしないという約束もしたはずです」

展望デッキで一緒にランチをした時に、復路便が飛ぶまでの三時間ほどを使って挨拶に行きたいと言われたがはっきりと断った。そのあとも今日までの間に何度か念押しし『わかった』と言われていたのに、約束破りもいいところだ。

思いきり眉根を寄せたが、好青年風の笑みは崩れない。

「明日のフライトに関してはそういう約束だったが、急遽スケジュールが変更になったんだよ。今日はステイで明朝に羽田に飛ぶ。中抜けすると休憩時間が取れないからと君は心配してくれていたけど、これなら大丈夫だよね？」

（心配して止めたわけじゃないのはわかっているくせに。その急な変更も怪しい。スケジューラーに頼まれたんじゃなく、自分から希望を出して変えてもらったんじゃないの？）

中抜けしないという約束を守った上で、挨拶に来るために。

やられたという思いで唇を噛むと、母が笑った。

「喧嘩するほど仲がいいって昔から言われているからね。結婚前からもう夫婦みたいさー」

（夫婦⁉）

「い、五十嵐さん、どんな挨拶をしたんですか……？」

「事前に和葉さんに言った通りだよ。挨拶に来るのが遅れたことをお詫びして、結婚前提の交際と同棲のお許しをいただいた。君は寛大で優しいご家族の中で育ったんだね」

まだ肉を焼き始めていないのに缶ビールを開けた父が、今まで見たことのない照れ顔を五十嵐に向けている。

「こんなに娘を褒めてくれたのは五十嵐さんが初めてだ。大事にしてもらって和葉は幸せ者さー。パイロットは大変な仕事なんだろ？　和葉もしっかりと支えてあげなさい」

耳まで赤いのはビールのせいではないだろう。

父は酒豪と言ってもいいほど飲むので、缶ビール数口で酔うはずがない。

（おとーがめちゃくちゃ恥ずかしそう。私のこと、どんな風に褒めたの？　うちの家族の心をがっちり掴んだようだけど、来月には婚約解消するんだよ。ショックを与えないためにも、どうにかしてごまかさないと）

「待って、みんな聞いて。交際中だけど、まだつき合いたてだから――」

結婚は考えになく期待しないでと言おうとしたら、それを遮るように美月に耳元で叫ばれた。

「ねーねーの嘘つき！」

「えっ、なんで？」

「彼氏はいないって言ったのに、本当はかっこいいパイロットとつき合っているなんてズルい。私、自分のことすっごい自慢して恥ずかしいさー！」

姉妹喧嘩はここ数年していない。

子供の頃のように力いっぱい抗議してくる妹に面食らい、咄嗟《とっさ》に言い訳する。

「嘘はついてない。五十嵐さんは彼氏じゃなく婚約者だから」

（あっ、しまった）

ごまかすはずが家族の前で婚約宣言してしまい、引き返し方がわからずうろたえる。

助けを求めて彼を見たが、自ら罠にはまりにきたとでも言いたげにニヤリと笑われた。

「めでたいさー。俺らの中で和葉が結婚一番乗りか」

「和葉だけは結婚できないと思っていたのに」

「パイロットを連れてくるとは大したもんさー」

金網に肉や野菜をのせながら従兄弟たちが口々に言い、弟は「いつ結婚するの？」と余計な質問をしてくる。

「みんな一旦、落ち着こう。あのね、理解しがたいと思うけど、婚約しても結婚はしな――」

「和葉さんと相談して決めます」

結婚はしないと言おうとしたのに、すかさず五十嵐に遮られ、父の大きな声にも邪魔される。

「おかー、肉が焼けたのに婿《むこ》さんのビールがないさー」

「今買いに行ってる。お婿さんを差しおいて、先に飲まないでよ」

そうこうしていると兄ふたりが大量の肉とビールを抱えて戻ってきて話の輪に交ざり、叔母が焼けた肉を取り皿にひょいひょいと入れながら、最近テレビで見たというウェディング特集について話しだす。

「羽田空港に結婚式場があってスカイウェディングっていうのができるんだって。新郎新婦が操縦席に座って記念撮影するのが素敵だった。和葉たちにぴったりさー」

(仕事でいつもコックピットに入っているよ。そのプランはいらない。というか、職場の知り合いに見られるかもしれないから空港ウェディングは絶対に嫌。するならふたりきりで海外が……ん？)

自分に海外挙式の希望があることに驚く。

(私まで結婚確定であるかのような雰囲気に流された。なんとかしないとマズイ)

和葉をズルいと非難していた妹は、いつの間にかグリルの前に座って肉を頬張っている。

従兄弟たちは立ったままビールを呷《あお》り、兄弟はもとから知り合いであったかのように親しげに五十嵐と談笑中。

照れながらチラチラと彼を見る父は四缶目のビールを開け、母と叔母は結婚式に和装と洋装どちらを着るのか相談していた。

そして五十嵐を囲んで盛り上がる家族を、祖母がニコニコしながら見守っている。

（もう無理だ）

訂正は不可能だと悟ったら、父に呼ばれる。

「和葉も突っ立ってないでこっち来い。婿さんとおばーの間に座って食べな」

「うん」

もうやけだ。

石のベンチの五十嵐の隣に座り、甘辛いたれがしみたスペアリブにかぶりつく。

「和葉」

「なんですか、婚約者の五十嵐さん」

横目で睨むと、彼は少しだけバツが悪そうな顔をした。

「会いたかったんだ。お前の家族に。和葉がまっすぐな理由がわかった気がする」

「まっすぐって、航空機バカってことですか？」

めでたいと浮かれて騒ぐだけののん気な家庭で育ったから、金欠でも好きなことに一直線でジャンク部品を買い漁る。そういう嫌みだと捉えてつっけんどんな返しをした。

「いいことだろ。航空機バカになれるのは。俺もそうなりたかった」

(五十嵐さん……？)

しみじみと言った彼に目を瞬かせたその時、ジャンボジェット機のエンジン音が聞こえて南の空を仰いだ。

那覇空港を目指し高度をグンと下げている機影の白い腹がはっきりと見える。

あっという間に飛び去ってすぐに静かな空に戻ったが、彼だけは空を眺め続けている。

眩しそうなのは日差しのせいだと思うけれど、なんとなくつらそうにも見え、その横顔から目を離せなかった。

日が沈んでから二時間も経つが、ランタンの明かりの下でビーチパーティーは続いている。

ダンボール箱にはビールの空き缶があふれ、大量の肉は残り一パック。

満腹でこれ以上は食べられず、「それならカチャーシーだ」と誰かが言い、携帯で沖縄民謡を流して皆が踊りだした。

人が集まればカチャーシー。人生の節目のお祝いも、結婚式の披露宴も成人式も、嬉しいことがあればカチャーシーだ。

五十嵐も強制的に踊らされ、明らかに戸惑っている様子が面白く、気づけば勝手に挨拶にこられた腹立たしさは忘れていた。

(五十嵐さんにカチャーシーって、私がCAさんの制服を着るくらい似合わない。貴重なものを見られて得した気分)

笑いながら踊っていると、彼に耳打ちされる。

「これ以上は明日のフライトに差し支えるから、そろそろホテルに帰る。挨拶をしたいのだが」

「うーん、挨拶は無理かもしれないです」

一応、両親には声をかけたが、かなり酔っているのでまったく耳に入っていない。

五十嵐もビールをしきりに勧められていたけれど、社内規定で乗務の十二時間前から飲酒は禁止なので、日没後はひと口も飲んでいなかった。

和葉は最初からお茶だけだ。

「車を出しますので実家まで歩きましょう」

「飲まなかったのは俺を送るためか？」

「そうですよ」

「すまなかった」

「それよりも、突然来たことを謝ってほしいです」

カチャーシーの輪から外れて歩きだしたら、祖母に呼び止められた。

疲れたのか祖母は砂浜に敷いたシートの上で毛布にくるまって少し眠り、今目覚めたようだ。

砂浜に足を取られて転ばないかと心配し、急いで祖母の手を握る。

「おばー、五十嵐さんは明日の朝から仕事なんだ。もう帰らせてあげて」

「もう少しいたいのは山々なのですが、これで失礼します。今日は楽しいおもてなしをありがとうございました」

頭を下げた五十嵐に祖母は頷き、皺だらけの手を伸ばした。

彼がその手を取るとニッコリと笑い、ディープな沖縄弁で話しかける。

『和葉は一途で一生懸命でいい子だよ。大事にしてあげて』

標準語にするとそういう内容だが、五十嵐には少しもわからないだろう。

通訳しなければと思ったが、自分を褒めて大事にしてとは言いにくい。

しかし彼は腰を屈めて小柄な祖母と視線の高さを合わせると、真摯な目をして頷いた。

「和葉さんの素晴らしさはよくわかっています。大切にすると約束します」

（おばーの言葉がわかるの？）

妹を呼んで祖母を預け、五十嵐とビーチをあとにする。

どうして祖母の言葉を理解できたのか問うと、首を横に振られた。

「少しもわからない。だが気持ちは伝わってきた。年一回の帰省だと寂しいだろ。もう少し回数を増やしたらどうだ？」

「そうしたいです。でもまとまった休みは申し訳ないと思うから申請しにくくて。それよりも大きな問題は費用なんですけど……」

他の航空会社では社員なら半額で乗れるところもあるのに、スカイエアライズは二割しか安くしてくれない。働きやすくいい会社だと思っているが、その点だけは残念だ。

「俺と結婚すればいい。帰省費用は出してやる」

ときめく恋心を抑えて足を止め、眉根を寄せた。

「私の家族は五十嵐さんを結婚相手だと信じてしまったようです。どうしてここまでするんですか？　そんなに女避けが必要なら、私じゃなくてもいいと思うんですけど」

自分から他の女性を勧めておきながら、胸がズキズキと痛む。

美玲の顔が浮かんで、『今から五十嵐さんを好きになっても遅い？』と聞かれた時の焦りを思い出した。

本心を明かせば彼を誰にも取られたくないが、女避けでいいから結婚したいとは言えない。

（片想いの結婚生活に耐えられる気がしないもの。だけど、もし五十嵐さんが私を好きになってくれるなら……）

お互いの思惑を探るかのような間が空いて、真顔の彼と視線を交える。

ごまかされては困るので加速する動悸に耐えて返事を待っていると、やがて彼が口を開いた。

しかし、言いたい言葉を呑み込むかのように口をつぐみ、仕切り直して答える。

「誰でもいいわけじゃない。俺は、お前がいい」

（その〝いい〟の意味はもしかして……）

このおかしな契約を交わした時に、気に入っているとは言われていた。和葉は〝その程度の想い〟という捉え方をしていたが、そこに誤解があるのかもしれない。

「どうして私がいいんですか？」

耳元で自分の速い鼓動が聞こえる。

好きな人と両想いになりたいと思うのは自然なことで、もしかしてという期待を止められなかった。

けれども、逃げ出したいほどの動悸に耐えながら問いかけたというのに、スッと視線を逸らされた。

答え方に迷っているような数秒の間に、聞いたことを後悔する。

（フラれそうな予感。そうだよね。私のどこに惚れるというのよ……）

やがて五十嵐が言葉を選びながら慎重に話しだす。

「和葉と一緒にいると、パイロットとして少しはマシになれそうな気がする。俺に欠けている部分を、お前が持っているからだろう」

「へ？」

身構えていたのに、恋愛感情の有無については触れられず拍子抜けした。

「欠けている部分ってなんですか？」

「それは……いつか話す」

手を繋がれて引っ張られ、歩みを促された。

大きな手の温もりに恋心を刺激されたが、話せないことへのごまかしだと思うと喜べない。

(いつかっていつ？　気になるから今、聞かせてほしいのに)

真顔で進む彼をチラッと見て、声に出さずにため息をつく。

その心の奥深くに重たいものがある気がして、無理に聞き出すことはできなかった。

＊＊＊

和葉の実家を訪ねた翌週、五十嵐は国際線に乗務していた。

三日前に羽田を発ってニューヨークで一泊し、復路便で飛んだのは十時間ほど前になる。羽田に着くのはおよそ二時間後、二十一時の予定だ。

ここは太平洋上で、コックピットから見える景色は黒。月はほぼ新月と言っていいほど細く、その分、星は輝いて見えた。

その景色になんの感動もなく、安定したフライトの中で時折、計器をチェックする。

(今日は夜勤のはずだから帰宅しても和葉はいない。すれ違いか)

仕方ないことだが、丸四日顔を見られないと会いたくなる。

その思いは喉の渇きに似ていて、ぬるくなったコーヒーを口に含んだ。

瞬く星に和葉の目の輝きを重ねて眺めると、いくらか景色が心に響く。

（まっすぐな仕事への情熱には恐れ入る。あの航空機愛はもはや才能だ。羨ましい）

和葉の情熱が、いつか自分にも移ってくれたらと願う。

そうすれば国際線の長時間フライトも、疲労や責任感だけでなく楽しめるだろうと期待した。

（和葉の顔が頭から消えないな。欠乏症か？）

気づけば和葉がなにをしているのだろうと考えてしまう。

彼女を求めて隣を見たが、当然のことながらそこにいるのは似ても似つかない中年男性の機長だ。

社内規定で十時間を超えるフライトは三人での乗務となっている。機長がふたりに副操縦士がひとりという組み合わせだ。今は機長のひとりが仮眠室に行っており、狭いコックピットの中で御子柴とふたりきりだった。

「なんだよ？」

「いえ、首をほぐしただけです」

「つまらない返しだな。日本が見えてきたぞ。和葉ちゃんへの土産はなににしたんだ？」

眉根を寄せた五十嵐が、前方に逸らした視線を御子柴に戻す。

「いつからそんな呼び方に？」

「妬かなくていいだろ。愛弟子のお前の奥さんは、俺にとっても特別な存在だ」

「まだ結婚していませんが」

愛弟子という言い方にも引っかかるが、実際、御子柴から教わることも多いためそこはスルーした。

「なにも買っていません。旅行ではなく通常勤務ですので」

ジョン・F・ケネディ国際空港のターミナルビルには女性が好みそうなハイブランドのテナントがいくつも入っている。

『土産はジュエリーにしろよ。真っ赤になって目を潤ませて喜ぶ可愛い顔が見られるぞ』

往路でそのようにアドバイスされていたので、それを無視したのかと舌打ちされた。

「男なら貯め込まずに、それくらい買ってやれ」

「きっと喜ばないので。和葉が欲しいものは航空機のジャンク部品ですから。アクセサリーをつけている姿を見たこともありません」

誕生日プレゼントに渡されて拒否したタービンブレードのキーホルダーは、和葉の通勤用の鞄《かばん》につけられている。

『こんなに素敵なのに』と自慢げに見せつけてきた彼女を思い出し、口元を緩めると、驚いたような声に邪魔された。

「和葉ちゃんは婚約指輪も喜ばなかったのか？」

答えたくないので数秒黙る。

しかし諦めてくれる御子柴ではないとわかっているので、仕方なく白状した。

「婚約指輪はまだ贈っていません」

「お前、それはダメだろ。雑に扱っているとフラれるぞ。自分に限ってそれはないと思うなら、とんだ間抜け天狗《てんぐ》だ」

あげたくないわけではなく、期限がきたら婚約解消すると言い張っている今の段階で渡しても受け取ってくれないと思うからだ。

（まだその時期じゃない）

和葉と契約を交わした日を振り返る。

ストーカーから守りたい気持ちが一番だったが、この機会を利用して彼女を手に入れようと企んだのも事実だ。

〝恋人は航空機〟だという仕事一途な彼女が、あの時点で自分に少しも興味がないことはわかっていた。ストレートに告白したところでフラれるだけなので、一緒に過ごす時間を増やさなければと思ったのだ。

しかし無償援助での同棲は断られてしまい、仕方なく女避けという交換条件を提示した。

それが本意ではないと明かさないのは、和葉の心をまだ手に入れていないからだ。

女避けにするつもりはなかったと言えばきっと、彼女にしかメリットのない契約は続けられないと出ていかれるだろう。

好意を伝えるのも婚約指輪を贈るのも、和葉を振り向かせてからにしなければ。

一緒にランチができるだけで嬉しそうにしていたのでその日が近い気はするが、航空機以上に好かれている自信が今はなかった。

婚約指輪については触れるなという気持ちで黙っているのに、御子柴は構わず続ける。

「喜ばないと決めつけるなよ。俺が初めて妻に指輪を贈った時を思い出すな。感極まって泣きだして、それは可愛かった。結婚して十年経つとあの頃のか弱さがどこへ行ったのかというほど強い性格になったが……いや、それも含めて今も可愛い。お前が結婚したら夫婦関係を良好に保つための秘策も――」

「キャプテン、レーダーに積乱雲の反応があります」

「おい、俺のアドバイスは無視か？」

「揺れを最小限にするために東に回避すべきと考えます。管制に進路変更を連絡しますか？」

「可愛くないやつだ」

長いつき合いなので、それがゴーサインだとわかっている。

「ラジャー。ベルト着用サインも出します」

管制官と無線でやり取りし、そのあとはキャビンクルーに揺れの予想を伝え、乗客にもアナウンスした。

操縦桿を操り東へと進路を取る御子柴が、二度目の舌打ちをする。

「少しは間違った意見を言ってみろ。指導のしがいがないだろ」

「ありがとうございます」

面倒な褒め方はいらないと思うが、それが御子柴の気遣いなのはわかっている。

副操縦士が緊張せずに実力を出せるよう、笑わせようとしてくれるのだ。

残念ながら、一度も面白いと感じたことはないが。

「羽田周辺の天候は問題ないな。可愛くないお前にここから先の操縦を任せる。ランディングはマニュアルで。ユーハブ　コントロール」

「アイハブ　コントロール」

操縦を代わる時には必ずそれを言うのが決まりである。

中には副操縦士を信用せず操縦を任せてくれない機長もいるが、御子柴は状況と実力を見て後輩パイロットに操縦桿を握らせてくれる。

からかい好きで面倒くさい会話運びをする上司を、訓練生だった時からずっと変わらず信頼していられるのは、育てようという愛情が伝わるからだ。


予定より七分遅れて羽田に着陸し、ふたりの機長とのブリーフィングと報告書の提出をすませて乗員室を出た。

あとは着替えて帰宅するだけなのだが、更衣室前を素通りして階段を下りる。

和葉は今頃、駐機場か格納庫にいるはずだ。

自宅で待っていても明朝には夜勤明けの彼女に会えるというのに、無性に顔が見たかった。

スラックスの右ポケットに片手を入れ、そこにある細長い箱状の感触を確かめる。

(あの人は本当に余計なことを言う)

さっきまで長時間一緒だった御子柴の顔を頭に浮かべ、渋い顔をする。

土産は買っていないと言ったのは嘘で、空港内のジュエリー店でネックレスを購入していた。

和葉が喜ばないとわかっているのに買ったのは、御子柴の影響に他ならない。

『真っ赤になって目を潤ませて喜ぶ可愛い顔が見られるぞ』

そこまで感激してくれるとは思わないが、喜んでくれる可能性が少しはある気がして、余計なアドバイスを無視できなかったのだ。

広い空港内で運航整備部の管理棟まで移動して連絡通路を進む。

そこを抜けると格納庫だ。

二階の高さに相当する通路からは、天井が高く広い格納庫全体が見渡せる。

移動式の足場に囲まれた機体が二機あり、この時間になっても大勢の整備士が解体整備に勤しんでいた。

鉄柵に手をかけた五十嵐は下を覗き込むようにして小柄な整備士を探す。

しかし和葉の姿はなく、駐機場かと思って階段に向かうと、一段目に足をつける前に見つけた。

　階段を下りた先にオレンジ色の大きなカートがあり、和葉はその引き出しから慣れた手つきで点検用の特殊な工具を取り出している。

　顔を見ることができてホッと心が緩んだが、歌っているように口元が小さく動いているのに気づいて眉根を寄せた。

（ずいぶんと楽しそうだな）

　少しも寂しそうでないのが不満だ。

　仕事中の和葉が生き生きしているのは四年前から知っているが、何日も会えなくても平気だと言われた気がしたのだ。

（百日では足りないか。まぁ、それが和葉だ。そう簡単に惚れてくれると思っていない）

　嘆息してステップに足を踏み出すと、先に彼女に声をかける整備士がいた。

「次の便、二十分遅れだって」

「えっ、晴れてますよ？」

「キャビンでトラブルがあって、離陸が遅れたそうだ」

「わかりました。それじゃ空き時間ができたので、しりとりします？」

「ナイスアイディア、と言うとでも思ったか？」

笑い合うふたりを見て口角が下がる。

相手の男性は浅見。和葉が新人の頃にＯＪＴトレーナーを務め、たまに飲みに行く間柄だと聞いている。

和葉が自宅で仕事の話をする時も彼の名前が何度か出てきたが、今まではなにも思わなかった。紅一点という環境で働いているので、親しい者が男性で当たり前だと思っていたからだ。

しかし実際に仲がよさそうな様子を目の当たりにすると、不愉快に感じた。

（俺はなぜ腹を立てている？）

くだらない嫉妬をしたくないが、和葉の笑顔が自分以外の男に向けられているのは面白くない。

結局、声をかけずに引き返した。

無人の連絡通路を進みながら、沖縄での会話を思い返す。

『どうして私がいいんですか？』

いいというより、求めていると言った方が心情に近い。

『和葉と一緒にいると、パイロットとして少しはマシになれそうな気がする。俺に欠けている部分を、お前が持っているからだろう』

　空を飛ぶことに憧れたことは一度もない。

　知識や技術、判断力に優れていても、パイロットを続けていくのに必要な情熱が欠けているとずっと思ってきた。

(兄の代わりに飛んでいると打ち明ければ、幻滅されそうだ)

　五十嵐には年の離れた兄がひとりいて、二十三歳の若さで亡くなっている。

『欠けている部分ってなんですか？』

『それは……いつか話す』

　仕事に情熱を注ぐ和葉からすれば不純な動機だと思われそうで、打ち明けるのをためらっていた。

　顔が見られたから満足だと自分に言い聞かせ、乗員室のあるエアポートマネジメントセンターまで戻った。

　私服に着替えてから鞄ふたつを手に一階に下り、出入り口に向けて進むと、途中に社員食堂がある。

　楽しそうだった和葉と浅見の姿が頭から離れない。

　苛立ったまま帰るのも嫌なので、コーヒーを飲んで平常心を取り戻そうと食堂内に入った。

二十二時を過ぎたこの時間、営業はとっくに終了しているが、飲み物とパンの自動販売機があって、休憩場所として二十四時間開放されている。

窓に面してカウンター席があり、その他はふたり掛け、四人掛けのテーブル席が二十ほど。つり下がり照明や壁に飾られた現代アートがお洒落で、食堂というよりカフェと言った方が似合うかもしれない。

休憩している人はたった数人で、後輩の副操縦士の会釈に応えてから、離れた四人掛けのテーブル席を選んで荷物を置いた。

カップのコーヒーを買って席に戻り、苦みを味わう。

明日はオフで、夜勤明けの和葉も家にいる。夕食はふたりでどこかに食べに行こうと考え、携帯で店を検索していたら、誰かが目の前で足を止めた。

顔を上げると、カップを手にした美玲が立っていた。

制服姿ではなく、品のいいベージュのコートを着てブランドもののバッグを肩にかけており、彼女も帰宅前に休憩したかったようだ。

「五十嵐さんは二ュ－ヨーク便でしたよね。おつかれさまでした」

「おつかれさまです。堂島さんは？」

「今日は福岡でした。ここいいですか？」

「どうぞ」

コーヒーのカップを斜め前の席に置いて座った彼女がクスッとする。

「女性職員とふたりにならないよう気をつけている様子でしたので、断られると思って聞いたんです」

恋愛目的で近づいてくる女性なら、食堂でのコーヒー一杯でも同席は遠慮するが、これまで美玲からアプローチされたことはない。

真面目で優秀、仕事熱心な彼女には一目置いていた。

退職した緑沢の件では盲目的に仲間を信じて申し訳なかったと謝られたが、あの時にキャビンで意見をぶつけてくれたことにも好感を持っている。

『私たちキャビンクルーは運航に支障を及ぼすような真似をしません。職務に誇りを持っていますので。私たちを信じられないのなら、五十嵐さんがこの便を降りてください』

あの時の彼女からは、チーフパーサーの務めを果たそうという熱意が感じられた。

「堂島さんは、私に対してそういう気がないとわかっていますので」

携帯をジャケットのポケットにしまい、彼女の顔を見ながら答える。

「どうでしょう。狙っているかもしれませんよ？」

冗談めかしてそう言った彼女が、コーヒーをひと口飲んでわずかに渋い顔をした。

「父が最近、いい相手がいないなら紹介するぞとうるさくて。父の考えでは、二十七歳は結婚して当然の年齢のようです」

「へぇ、堂島室長が。コックピットでは寡黙《かもく》なので、そういうイメージはありませんでした」

パイロットは毎年定期審査があり、不合格なら乗務停止となる。

羽田に戻って間もなくしてそれを受けた時、実務の審査官が堂島室長だった。

審査官が誰であろうと五十嵐は気にしないが、同期の副操縦士が言うには、厳しいジャッジをする堂島室長だけは避けたいそうだ。

「家では冗談を言ったりするんですよ。寒い親父ギャグも。職場でムスッとしているのは、かっこつけているせいだと思います」

娘に暴露されていると知ったら、堂島室長はどう思うだろうか。

強面が崩れるのを想像してクスリとすると、美玲が嬉しそうに微笑んだ。

「堂島室長と乗務する日が楽しみになりました。聞かせてくれてありがとうございます」

「どういたしまして。それと敬語をやめてもらえませんか？　年上で先に入社している五十嵐さんに畏《かしこ》まった話し方をされたくありません」

「堂島室長の娘さんだから、という理由ではありませんが」

「それでも。お願いします」

和葉は例外として、親しい同期のパイロット以外の社員とは基本的に敬語で話す。

それが自分のスタンスだが、美玲の気持ちもわかる。

こちらがいくら違うと言っても、特別視されている気がして嫌なのだろう。

実力で掴んだ最年少チーフパーサーの地位が、親のおかげと思われてしまうのに同情した。

そう考えて「わかった」と言葉を崩すと、彼女が笑顔を見せた。

「ありがとうございます」

「いや、俺の方こそお礼を言わなければ。この前のフライトは助かった。さすが堂島さんだ」

先週、美玲と一緒に乗務をした時に高齢の男性客が上空で『降ろせ』と暴れだした。

どうしても飛行機に乗らなければいけない事情があったそうだが、高所が苦手らしい。

彼女はすぐに揺れが少ない主翼付近に座席変更し、コックピットにその旨を連絡してくれた。

『私がそばについていますが、なるべく揺れの少ない進路をお願いします』

その乗客がなんとか落ち着いてくれたのは、着陸するまで美玲が手を握り、話しかけ続けて上空にいるという意識を逸らしたからだ。

彼女のおかげで羽田に引き返す事態が避けられ、クルーも他の乗客も助かった。

美玲が首を横に振る。

「それが私の仕事ですから。時には大変なお客様もいらっしゃいますけど、無事に目的地にお送りできたら私が嬉しいんです」

仕事への愛を感じ、さらに好感を持った。

(和葉と同じだ。羨ましいな)

「堂島さんがクルーを目指したのはいつ?」

和葉のように子供の頃からの夢なのだろうと予想して問いかけると、バツが悪そうな顔をされた。

「私、音大出身なんです。ピアニストになる夢を追いかけていたんですけど――」

音楽大学には才能あふれる人がたくさんいた。コンクールに出場するたびに天才たちに惨敗し、少し上手なだけの自分ではいくら努力してもピアニストになれないと悟ったそうだ。

「いらない質問をしてしまったな。すまない」

「いえ、いいんです。音楽関係の仕事に就けない卒業生の方が多いので珍しいことではありません。それで夢破れて、就職先を探していた時に父からＣＡを勧められました。一緒に空を飛ばないかと言われて、それもいいと思ったんです」

自嘲《じちょう》気味に笑った彼女は、コーヒーの水面に落としていた視線を五十嵐に向けた。

「ＣＡを夢見ていたわけじゃないのに、飛んでいるんです。残念に思いました？」

「いや、少しも」

ただの職場の仲間である五十嵐に対して正直に話せる強さに感心した。

航空業界に憧れての就職ではないという点が同じで親近感が湧き、自分だけではないと思うといくらか心が軽くなった。

「動機がなんであれ、堂島さんが優秀なクルーなのは変わりない。乗務する便に君がいてくれると心強く思う。これからもよろしく」

「ありがとうございます」

頬を染めた彼女がはにかむように微笑んだ。

意志の強そうな顔できびきびと働いている姿しか見たことがなかったので、そういう顔もするのかと新鮮に感じた。

「五十嵐さんは？」

パイロットになった動機を問われ、心臓が波打つ。

話したくはないが、隠すのはフェアじゃない気がして重い口を開いた。

「実は――」

しかし、自分も同じだと言おうとして途中で言葉を切る。

彼女の口から和葉の耳に入るかもしれず、打ち明けたあとのことを懸念した。

（和葉に話すなら自分で。幻滅されるかもしれないが）

美玲が期待をにじませた目で続きを待っている。

ごまかそうと思った時、コートのポケットで携帯が震えた。

「失礼」

取り出して画面を見ると、和葉からの着信だった。

「どうした？　仕事中だろ？」

『今、休憩に入ったところで、更衣室から電話しています。五十嵐さん、まだ空港内にいますか？』

焦っているような早口で聞かれ、疑問に思う。

和葉の更衣室はこの建物内にある。社用車を運転し、運航整備部の管理棟から遠いここまで、わざわざ電話をしに来た理由がわからない。

「社員食堂でコーヒーを飲んでいる。俺に急ぎの用があるのか？」

『えっ、用があるのは五十嵐さんの方でしょ？　ハンガーに来ていたと聞きましたけど』

和葉に会いに格納庫まで行ったのを、どうやら他の整備士に見られていたようだ。

「用というほどではない。明日、帰ってからでいい」

『えー、なんですかそれ。急いだのに。私、仕事中は携帯をロッカーに入れっぱなしで、取りに来るの大変なんですよ』

「会いに行って悪かった。顔が見たかっただけだ」

整備士の休憩時間は細切れだと聞いたことがある。格納庫で声をかけなかったことで、かえって貴重な時間を邪魔してしまったと後悔した。

すると電話口で息を呑む音がした。

威勢よく文句を言っていた声が、急にもじもじと恥ずかしそうになる。

『私だって、会いたかったです。四日も離れているから寂しいのに、五十嵐さんだけ私を見て帰るなんてズルいです』

鼓動の高まりを感じる。

長時間フライトの疲労を忘れるほど気分が上がり、つまらない嫉妬も吹き飛んだ。

(まさか和葉からそんな言葉聞けるとは思わなかったな。俺と同じ気持ちなら、百日で足りそうだ)

「それを最初に言え。休憩が終わるまであと何分ある?」

『八分。移動に五分かかるのでもう戻らないと』

「駐車場で会おう」

電話を切って残っていたコーヒーを飲み干すと、立ち上がった。

嬉しさのあまり、つい忘れそうになっていた美玲に気づく。

「先に失礼するよ。おつかれさま」

「おつかれさまでした……」

寂しそうな笑みを向けられたが、それに気を取られている暇はなく、バッグふたつを手に急いで寒空の下へ。

すぐ隣にある駐車スペースに着くと、別の出入口から和葉が駆けてきた。

「五十嵐さん!」

見慣れた作業着姿の彼女が満面の笑みを浮かべ、両手を広げて向かってくる。

荷物から手を離して受け止める姿勢を取ったのに、直前で足にブレーキをかけられた。

「危ない。抱きつくところでした」

「私服のコートは汚れてもいい」

「誰かに見られるのを心配しているんです」

「へぇ、見られなければ抱きつきたいということか？」

からかった途端に真っ赤になり、顔を隠そうと背を向ける。

「ち、違います。今のはなんというか、すれ違いの末にやっと会えたから、ミッションコンプリートみたいな感覚で。それじゃ私は仕事に戻ります」

言い訳してすぐに社用車の方へ行こうとするので、その背を抱きしめ引き留めた。

「い、五十嵐さん。私、仕事が……」

「あと一分ある。少しだけそのままで」

急いでステイバッグから土産を探し、ケースから出したネックレスを和葉の首につけた。

「えっ、これは？」

「ニューヨークの空港内で買った」

星の形のモチーフにダイヤをはめ込んだペンダントトップがついている。

店員には一番人気だという大人っぽいデザインのものを勧められたが、和葉にはこれが似合うと思い自分で選んだ。

「ネックレス。あの……」

ゆっくりと振り返った和葉の顔は決まりが悪そうだ。

「仕事中はアクセサリー禁止で。配線の修理中にネックレスが切れて落ちたらショートします」

「悪かった」

やはり和葉は喜んでくれない。

最初からわかっていたことだと諦めたが、自分でネックレスを外した和葉が手のひらにのせてじっと眺めている。

その頬は心なしか赤く、外灯の明かりを映した瞳は潤んだように輝いていた。

「きれい……。眺めていたいけど、本当に時間がないので。家に帰ったらもう一度つけてくれますか？」

「欲しいのか？　ジュエリーは喜ばないと思っていたが」

「それなのに買ってくれたんですか？　意地悪のつもりのお土産でしたら失敗です。

すごく嬉しいので。このチェーンはプラチナですよね。航空機にも白金が使われているのを知っていますか?」

知らないと答えると、彼女が人差し指を立てて得意げな顔をした。

「スパークプラグです」

ジェットエンジンの点火装置のことだ。

だから喜んだのかと呆れたが、指先で星のモチーフに触れた和葉が目を細めた。

「人生初のダイヤ、大切にします」

心から嬉しそうな笑顔に胸打たれる。

ネックレスを五十嵐の手に戻した彼女は、社用車に急いで乗り込み走り去った。

二分足らずの慌ただしい逢瀬《おうせ》が終わり、息をついて手の中のネックレスを見る。

(余計なアドバイスではなかったな)

心の中で御子柴に感謝する。

胸の中が熱いので冷たい夜風が心地よく、口角が自然と上がった。

格納庫がある方角に視線を向けると、滑走路の誘導灯が星のように輝いていた。

＊＊＊

十二月に入るとグンと寒くなり、沖縄生まれには厳しい季節になる。

六時に起床して洗面をすませた和葉は、出勤のために自室でモソモソと着替えをする。

色気がないと思いつつも、黒い長袖の保温性インナーと分厚いタイツは欠かせない。これで黒い帽子をかぶっていたなら、お笑い番組に出てきそうな全身タイツ姿に見える。

(五十嵐さんには絶対に見せられない。下着を見せる日はこないから心配いらないけど)

ハイネックの白いニットに裏起毛のストレートパンツを穿いて部屋を出た。

リビングに入ると、ダイニングテーブルに着く彼が残りひと口分のトーストを片手にこっちを見た。今日は彼の方が出勤時間が早い。

「おはよう」

「おはようございます。食パン、まだあります?」

「ああ。サラダとスクランブルエッグもある。味の保証はしないが」

「ありがとうございます!」

時間に余裕がある時は、こうして和葉の分も用意してくれるのが嬉しい。

キッチンに立った和葉は食パンをトーストし、五十嵐が作ってくれた料理と一緒にトレーにのせて向かいの席に座った。

食事を終えた彼はコーヒーを飲みながら、社用のタブレットで天気図をチェックしている。

「いただきます。今日はどこに飛ぶんですか？」

「十四時発の福岡行き。復路便の到着は十九時半。夜間は暴風雨の予報だが、その時間帯は問題なさそうだ」

「午後の便なのに朝から出勤するんですか？」

ゆっくりしていられるはずなのにと思って聞くと、飲み終えたコーヒーカップを手に彼が立ち上がった。

「シミュレーターに乗る。台数に限りがあるから早い時間の予約しか取れなかった」

「機長試験のための訓練ですか？」

「まぁな」

乗務前に訓練するのはなかなか大変だ。

その勤勉さを尊敬したら、キッチンから淡白な口調で返される。

「お前も同じだろ。この業界にいる限り、試験と審査はつきものだ」

和葉も取得したい資格がまだまだたくさんある。

昨夜は帰宅後に二時間勉強したので朝起きるのがつらかったが、不規則勤務に加え、数年がかりの機長試験に挑んでいる五十嵐の方がハードに違いない。

それなのに常に体調は万全で、なんなくスケジュールをこなしているように見えるのがすごいところだ。

「そんなことより」

大変さを少しもアピールしない彼がソファの方へ移動して、ローテーブルから数枚の用紙を取り上げた。

トーストを食べながらなんだろうと思って見ていると、横に来た彼に手渡される。

それはプリントアウトされた五軒のマンションの間取り図で、ギクッとして体をこわばらせた。

「一週間切ったぞ。この中の好きなマンションを選んで引っ越すか、それとも俺とこのまま暮らすか、そろそろ決めてくれ」

百日の期限は六日後だ。

最初は惚れなかったと勝利宣言してこの家を出ていくつもりだったが、今は考えるだけで胸が苦しい。

（出ていきたくない。でもそうすると結婚？　愛されていないのに）

チラッと五十嵐の顔を見れば、和葉の気持ちなどお見通しと言わんばかりの余裕の表情だ。

（私に好かれている自信があるんだ。もし好きだと言ったら、狙い通りだという顔で勝ち誇りそう。負けるのは悔しい）

フォークを置いて間取り図をパラパラとめくる。

「駅近の2ＬＤＫ。さすがパイロット、太っ腹ですね。あ、こっちのメゾネットタイプもいいな。どれにするか迷っちゃう」

引っ越しする気満々な態度を取ると、呆れたように嘆息された。

「引っ越したくないと、なぜ正直に言わない？」

「負けたくないので」

「勝敗の問題にするな。それとも自分の気持ちに気づいていないだけか？」

「うぬぼれですよ。私は少しも惚れていません」

不愉快そうな目で見下ろされても、強気な視線を逸らさない。

恋心のせいで鼓動が速度を上げていくが、そのまま耐えること五秒ほどして、彼がニッと口角を上げた。

「少しも惚れていないんだな？　それなら試してみよう」

（えっ、まさか……）

まだ寒くなる前の展望デッキでも、似たようなことを言われて攻められたのを思い出した。

焦って立ち上がろうとしたが、素早く片手で肩を押さえられ阻止された。

もう一方の手で顎をすくわれ、端整な顔がゆっくりと距離を詰めてくる。

急に男の顔をした彼が色気をあふれさせるから、動悸がすぐに最高潮に達した。

（ど、どうしよう。キスされる……）

もてあそばれてたまるかと思うのに、薄く開いた唇の感触を知りたいとも思ってしまう。

彼はすぐに唇を奪わない。

和葉の心をかき乱そうと企んでいるかのようにわざと時間をかけ、やがて唇の距離が五センチほどになる。

その頃にはとっくに肩や顎から彼の手が離れているというのに、逃げたい気持ちを忘れて唇に意識を集中させていた。

（どれくらい近づいたら目を閉じるの？）

人生初めてのキスに胸をときめかせ、瞼《まぶた》を下ろしてその瞬間を待つ。

しかし十秒経ってもなにも起きず、そっと目を開けた。

すると顔の距離は正常に戻されており、腕組みをした彼が真顔で見下ろしてくる。

(ど、どうして……?)

「ほらな。嫌がらずにキスを受け入れようとしただろ。お前はもう俺に惚れている」

それを確かめたかっただけで本気で唇を奪う気はなかったようだ。

こんなからかい方はひどいという怒りと恥ずかしさで、顔がトマト並みに赤く染まる。

「受け入れていません。肩を押さえられて逃げられなかったんです!」

「すぐに離したが」

「驚いて動けなかったんです。勝手に惚れていると決めつけないでください」

ムキになって抗議しつつも、自分の可愛げのなさに呆れている。

(こんな性格じゃ、好きになってもらえるわけがない。ほら、嫌そうな顔して——えっ!)

眉間に皺を寄せていた彼がテーブルに片手をつき、一拍でゼロまで距離を詰められた。

頬に唇があたった感触がしたと思ったらすぐに離れ、キョトンとする。

一瞬のことなので驚く暇もない。

「これは……キスですか？」

片手で頬に触れて問いかけると、彼がクスリとする。

「キスにカウントするかどうかはお前に任せる。まったく強情なやつだ。俺はこの先も和葉と暮らしたいが、お前は違うのか？　あと六日、よく考えろ」

男らしい人差し指が、和葉の鎖骨の間を軽くついた。

そこにあるのはダイヤが煌《きら》めく星のモチーフだ。

このネックレスをプレゼントされたのは十日前で、しまっておくより身につけたいと思い、仕事中以外は首に下げている。

恋愛ドラマのヒロインのように可愛く喜ぶことはできなかったけれど、内心ではレアなジャンク部品を入手した時より嬉しくて恋の力に驚いていた。

普段使いしていても、これまではなにも言ってこなかった彼が、今は目を細めている。

「それを選んで正解だった。よく似合ってる。それじゃ、行ってくる」

「あ、はい。いってらっしゃい……」

彼が足早にリビングを出ていったあと、すぐに玄関ドアの開閉の音もした。

(急に寂しい)

ひとりきりの静かな家は居心地が悪い。

リッチな家に住み続けたいのではなく、彼と一緒にいたいのだ。

(でも、片想いのままで女避けを続けるなんて……)

あと六日。迫る期限に心は揺れ、渡された間取り図を眺めながらため息をついた。


時刻は十三時半。

今にも冷たい雨が降りだしそうな曇天の下、和葉は白い息を吐いて午前中に担当した三機目を笑顔で見送った。

(いいフライトでありますように)

このあとは同じチームのメンバーが全員昼休みに入るのだが、和葉だけ食堂や休憩室に向かわず、駐機場の端を歩く。

(五十嵐さんが乗る十四時発の福岡便は、あれかな)

この時間、彼はコックピットにいるはずで声をかけることはできないが、密かに見送りたい。

機体に近づいていくと、福岡便を整備中の浅見に声をかけられた。

「金城はここじゃないだろ。どうしたんだ？」

「あ、えーと……」

外からでもコックピット内の五十嵐を見たかったとは言えず、焦って言い訳する。

「これから昼休みなんです。時間が合えば浅見さんと食堂に行こうと思って」

「俺は十一時半からだった。とっくに終わっている。朝礼前にそう言ったよな？」

「あれ、そうでした？　寒すぎて記憶があいまいで。失礼しました」

元気よく敬礼してごまかし、逃げるように管理棟へ向かう。

（コックピットを覗けなかった。残念）

勤務を終えたあと、自宅で数時間待っていれば彼も帰ってくるのに、少しでも多く会いたいと思うのは、別れの日が近いからだろう。

とぼとぼと歩きながら、今朝キスされた頬に触れ、愛情がこもっていたなら嬉しかったのにと残念に思う。

（別れるのが寂しいなら、愛されていなくても結婚する？）

その方がいい理由を頭の中に並べてみる。

（職場で〝コーパイに捨てられた女〟と噂されるのは恥ずかしいし、生活費も助かる。

ふたり暮らしの方が楽しいし、家族をがっかりさせずにすむのは大きなメリット）

結婚へと気持ちを誘導しようとしたけれど、どうしてもブレーキをかけてしまう。

（五十嵐さんはそれでいいの？　私と結婚してから本当に好きになれる女性が現れたら、どうするつもりだろう）

その時になって捨てられるよりは、今別れておいた方がいい。

悩みながら管理棟の入り口をくぐり、社員食堂へ行く。

胸が苦しくても食欲は落ちないので、自分でも神経が図太いと思う。

（しっかりエネルギーを補給しておかないと、いい仕事ができないもの）

これも安全運航のためだからと自分に言い訳し、食券の自動販売機前に立った。

今日の日替わり定食のハンバーグにもそそられたが、今まで冷たい海風が吹き抜ける駐機場にいたため熱々のメニューに目がいく。

購入したのは醤油ラーメンで、カウンターで数分待って受け取り、空いていた真ん中あたりの席に座った。

鶏ガラベースの汁にストレート麺、具はチャーシューとなると、メンマ、刻みネギのシンプルなラーメンだ。

（温まる。寒いほどラーメンが美味しく感じる。明日もこれにしよう）

食堂内は作業着姿の男性ばかりが三十人ほど休憩中だ。

汁まで完食した和葉が鼻をかんでいると、視界の端にCAの制服が映った。

場違いにエレガントな雰囲気をまとって入ってきたのは美玲だった。

他の整備士たちもすぐに気づいて不思議そうに見つめる中、美玲は食券販売機前を素通りして誰かを探している。

目が合うとニッコリと微笑みかけられ、つられて笑みを返す。

「私もお昼休みに入ったの」

「そうなんですか」

なんのためらいもなく隣に座った美玲が、お洒落な紙容器のランチボックスをテーブルに置いた。箱には第二ターミナル内にあるカフェの店名が書かれていた。

(小さい。その量で足りるんだ。いや、それよりもどうしてここで食べるの?)

自社の職員なら誰でも利用できる食堂ではあるけれど、CAのオフィスがあるマネジメントセンターからは遠く、利用客のほぼ百パーセントが整備士である。

以前、美玲が和葉を捜して格納庫の休憩室に来た際は、場違いなのを気にしてか、オドオドした様子だった。今はその時以上に整備士たちの視線を集めているというのに、迷いのない顔をしているのも不思議だ。

注目に和葉の方が耐えられず、ランチボックスを開けようとしている彼女を止める。

「あの、もし話があるんでしたら移動しませんか？　私は食べ終えたので」

「ここに私がいると金城さんまで居心地が悪いわよね。配慮がなくてごめんなさい。」

言わずとも察してくれた美玲が立ち上がり、一緒に食堂を出る。

二階に上がり、案内したのは小会議室だ。

たまにここで昼休憩を取る整備士もいるけれど、今は誰も使っていなかった。

楕円のテーブルに椅子が六脚とホワイトボードがあるだけの寂しい部屋で、美玲と隣り合って座る。

「金城さん、ミルクティーは好き？」

「はい」

ペットボトルに入ったホットのミルクティーを和葉の分も買ってくれていて、お礼を言って受け取る。

美玲はランチボックスを開けて食べ始めた。

色とりどりの野菜を使ったサラダとキッシュ、フィッシュフライと五穀米が少量ずつ入っている。彼女にお似合いのお洒落でヘルシーなランチに感心し、醤油ラーメンを汁まで飲み干した自分と比較してしまう。

（美玲さんは食べ方もきれい。鼻をかみながらラーメンをすすっていた私と大違い。ランチひとつとっても女子力の差が歴然だ）

明日も食堂でラーメンを食べるつもりだったが、美玲のようにお洒落ランチを買いに行こうかと考え、その直後に自分にツッコミを入れる。

（なんで真似しないといけないのよ。私はＣＡさんじゃないから優雅さも華やかさもいらないし、お洒落じゃなくていい。必要なのは寒さに負けず外仕事ができるエネルギー源。つまりラーメンだ）

ミルクティーを飲みながら意志を曲げないという結論を出した時、美玲が食事を終えた。

上品なのに早食いできるとは恐れ入る。

きれいに片づけ、ウエットティッシュでテーブルまで拭いた彼女が、体ごとこちらを向いて背筋を伸ばした。

改まってなんの話だろうと、少々身構える。

「言いにくいのだけど」

前置きしてから、はっきりとしたきれいな声で言われる。

「私、五十嵐さんを好きになりました」

「あ、う、えっ⁉ 本当に……？」

「ええ。金城さんの婚約者を好きになってすみません」

緑沢の件でふたりで話した時は冗談だと言ったのに、本当はあの時から惹かれていたのだろうか。

和葉に打ち明けるまでずいぶん悩んだのかもしれないが、今、まっすぐな視線を向けてくる彼女から感じるのは、あとに引かないという強い決意だった。

（わざわざ私に言うということは、宣戦布告？）

最強の恋敵が現れて激しく動揺する。

同性の和葉から見ても魅力的なのだから、男性ならなおのことそう感じるだろう。

（どうしよう。五十嵐さんを取られる……）

恐怖を感じつつも、取られるという言い方が間違っているのに気づいた。

六日後に婚約解消したそのあとは、彼はフリーだ。

美玲のアプローチを和葉が止める権利はなく、黙って見守るしかできないだろう。

それなのに彼を狙わないでと心が叫んでいた。

鼓動が変に速度を上げていき、目を泳がせた。

「ごめんなさい。でもそんな顔をしないで。現時点で失恋しているのは私。そうでしょ?」

片想いだとは打ち明けられずにあいまいに頷き、後ろめたい気持ちになってうつむいた。

「金城さんは勝ち誇っていいのよ。落ち込むのは私の方なんだから」

「そんな自信はありません。美玲さんに告白されたら、どんな男性でもイチコロです」

「それは違うわ。見ていればわかる。五十嵐さんがあなたをとても大切にしているのが」

(大切……?)

ストーカーに怯《おび》えずに生活できるのも、青いカーディガンを手に入れられたのも、苦手な茄子を食べてくれたのも、素敵なネックレスをくれたのも、和葉を大切に思ってくれているからだろうか。

そうだと嬉しいが、きっと違う。すべては和葉を落とすための彼の作戦で、これまで喜んだり胸をときめかせたりしたことがむなしく感じられた。

しかし契約を知らない美玲の目には大切にされていると映るようで、それなら諦めてくれないかと期待して顔を上げた。

すると彼女が挑戦的な目でこちらを見ていて、心臓が大きく波打った。

（な、なに？）

「彼に恋をしたのが遅かった。失恋確定だとわかっているの。それでもなにもせずにこの恋を終わらせるのがつらい。金城さん、お願いします。私と勝負してください」

「勝負って、どんなことをするんですか……？」

引き受ける気はないが、聞いておかないと気になって仕事が手につきそうにない。

「五十嵐さんは今日、福岡便よね。羽田に戻るのは十九時半予定だから――」

二十時半には退勤していると思われ、その頃に美玲と和葉がそれぞれ彼にコンタクトを取るという勝負を持ちかけられた。

「どうしても今夜しか話せない大事な相談があると言うの。私は彼の退勤を待って、空港近くのバーに誘うわ。あなたは電話で連絡して、早く会いたいから直帰してと言う。五十嵐さんはどっちに来てくれるかしら？」

彼の選択を想像したくなくて首を横に振った。

そのような提案をするくらいなので美玲の方には自信があると思ったが、余裕がありそうな顔には見えない。

「あなたの方へ行くと思うわ」

「そうでしょうか……」

「当然よ。婚約者だもの。でも私のところへ来てくれる可能性が一パーセントくらいはあると信じたい。この勝負にもし私が勝ったら別れてほしいの。私が負けたらきっぱりと諦めるから。お願いします」

真剣な目をして頭を下げられても、困るばかりだ。

和葉が知っている美玲は強く正しく凛として、このような勝負を持ちかけるような人ではない。

どうして勝負しようなどと言いだしたのかと、彼女の気持ちをわかろうとする。

(五十嵐さんが私のところへ行くと本気で思っていそうな言い方だった。初めから勝とうとしていないのかも)

好きになった時には相手に婚約者がいて、諦めなければいけない状況だった。

恋心をなんとか抑えようとして苦しんだと想像できる。

どうしたら諦められるかと悩んだ結果、和葉と勝負して負けるという方法を思いついたのかもしれない。

「諦めるための勝負ですか？」

図星をつかれたためだろう、初めて美玲が自分から目を逸らした。

片想いをしているのは和葉も同じなので、彼女の気持ちが痛いほどわかる。

けれども引き受ければ彼を失いそうな気がして、椅子を立った。

「すみませんが、勝負はしません」

出ていこうとして背を向けると、焦ったように呼び止められる。

「待って。金城さんの言う通り、諦めたいのよ。ふたりの仲を裂くつもりはないの。五十嵐さんは絶対にあなたを選ぶから、勝負しても損は——」

そこで言葉を切った美玲が、なにかに気づいたように問いかける。

「さっき自信がないと言っていたけど、謙遜じゃないの？　もしかして、結婚の話は進んでいない？」

今度は和葉が図星をつかれて肩を揺らした。

「ち、違います。私はただ五十嵐さんの気持ちを試すような真似をしたくないだけです。美玲さんが呼び出したいのなら、ご自由にどうぞ」

「いいの？　彼、今夜はあなたのところに帰らないかもしれないわよ？」

「五十嵐さんは帰ってきます。失礼します」

CAふたりが争った四年前のことがあるから、彼が女性職員と飲みに行かないようにしているのは知っている。だから美玲の誘いにも応じないと信じたい。

（私のもとにすぐに帰りたいからという理由じゃないのが悲しいけど、とにかく五十嵐さんは断ってくれるはず。大丈夫……）

美玲から逃げるように廊下に出て、格納庫に繋がる渡り廊下を目指して小走りに進む。

昼休みはまだ二十分もあるけれど、不安を感じたくなくてすぐに仕事に戻ろうとしていた。

それから四時間ほどが経ち、和葉は冷たい雨が降る中に車を走らせ、自宅に帰ってきた。

真っ暗なリビングに入り照明をつけると、崩れ落ちるようにソファに腰を下ろした。

（こんなに仕事に影響するなんて、メンタル弱すぎでしょ）

五十嵐を信じて自宅で待っていればいいだけなのに、ふたりのことが気になって仕方なく、仕事で凡ミスを繰り返した。タイヤの空気圧を測定しに向かったのに測定器を忘れたり、持ち場を間違えたりしてリーダーに厳しく注意されたのだ。

仕事一途で、航空機を前にしたら他のことは目に入らないほどだった自分はどこへ行ってしまったのか。

（今日は反省点ばかりだけど、明日からは仕事に集中できるはず）

早くホッとさせてほしい気持ちで壁かけ時計を見る。

時刻は十八時十分。

五十嵐は今頃、空の上で、羽田に着くのは十九時半だ。ブリーフィングと報告書の提出をすませて退勤し、自宅の玄関ドアを開けるのは二十一時過ぎだろう。

（あと三時間もハラハラしないといけないのか……）

不安に押し潰されないように頬を両手で叩くと、「よーし」と元気に立ち上がった。

（ふたり分の夕食を作ろう。いつもは別々だけど今日は一緒に食べたいから待っていよう）

料理をすることで気も紛れそうだ。

鼻歌を歌って無理やり楽しい雰囲気を作り、冷蔵庫を開けて食材を確認する。

実家から送られてきた沖縄そばの袋麺を見て、鍋にしようかと考える。

冬になると実家では豚バラやつくね、豆腐と野菜、麺を入れて、沖縄そばの出汁で煮込んだ鍋をする。

南の島の鍋は半袖姿で汗をかきながら、大家族で賑やかにつつくのだ。

「つくねはないけど豚バラと豆腐がある。味変用の柚子胡椒《ゆずこしょう》と紅ショウガも。野菜はあるものを全部入れちゃおう。なんくるないさー！」

〝すべきことをしていれば問題ない〟と沖縄弁で自分を励まし、野菜を出して切る。ふたり鍋を想像すると楽しい気分になり、自然と口角が上がった。

しばらくして——ダイニングテーブルにはカセットコンロと土鍋、取り皿と箸とビールグラスがふたり分、置かれている。

これらを用意したのは三時間ほど前になるが、まだ手つかずのまま。

ソファで膝を抱えた和葉は、テレビ画面に視線を留めていた。しかし放送中のバラエティー番組にも、空腹にも意識が向かない。

(五十嵐さん、遅いな……)

もうすぐ二十二時になるところで、美玲の誘いに応じたと思いたくないので、別の理由を考える。

(同乗したキャプテンと食事をして帰るのかも)

実際にそういう日もたまにある。

確かめようと思って携帯を手にしたが、メッセージを送れなかった。

『鍋を用意して待っているんですけど、もしかして食べて帰るんですか？』

帰宅を催促するような連絡をすれば、美玲の勝負を受けたことになりそうな気がしたからだ。

『いいの？　彼、今夜はあなたのところに帰らないかもしれないわよ？』

昼休みの美玲の言葉を思い出し、首を強く横に振った。

(私から連絡はしないけど大丈夫。キャプテンと食事して日付が変わる前には帰るはず。明日も勤務だもの)

テレビでは誰かが面白いことを言ったらしく、どっと笑いが起きていた。

こっちはハラハラして落ち着かないのにとムッとして、八つ当たりの心境で消すと、窓ガラスを激しく叩く雨の音に気づく。

(夕方よりずっと荒れてる。五十嵐さんはとっくに着陸しているからよかったけど、今飛んでいる便は大変そう)

夜勤の同僚たちも冷たい風雨を浴びながら整備をしているはずだ。

彼らの苦労に比べると、暖かな部屋の中で帰宅を待つ自分はお気楽な状況だと思い込もうとしたが——。

その晩、彼は帰宅しなかった。

日の出とジャングルジム。悔しいけど愛してる

和葉が一睡もできずに朝を迎えた七時間ほど前のこと——。

十九時半に羽田に到着を予定していた福岡便は、二十三時を過ぎても上空を飛んでいた。

コックピットから見える景色は黒く、眼下には分厚い雲が広がり強風に機体が揺れる。

離陸したのは十七時半だったが、持病のある乗客が機内で心臓発作を起こし、急遽、関西国際空港に降りることになった。

整備を終えるのを待ってから再び羽田に向けて飛び立ったのだが、その頃には天候が悪化し、滑走路の横風が規定値を超えているため着陸許可がなかなか出ない。

上空に待機していたのは一時間ほど。

同じように着陸許可を待つ航空機が羽田上空に渋滞するという異常事態で、燃料の心配から羽田への着陸を諦めざるを得なかった。

そういった場合、本来は出発地点に引き返すルールなのだが、福岡空港の門限は二

十二時で間に合わない。

成田《なりた》を含め、近郊の空港は同じようにダイバード——目的地以外の空港への着陸を決めた航空機で混雑していた。

それで管制から指示されたのは中部《ちゅうぶ》国際空港で、今はそこに向かっている。

乗客が不満を訴えるのは当然で、キャビンクルーが説得してくれている状況だ。

迷惑をかけて申し訳ないが、ダイバードするしか方法がなかった。

中部国際空港まではあと十分弱。

高度を下げて雲に突入すると機体に落雷し、キャビンから微かに悲鳴が聞こえた。

航空機は雷に耐えられる設計をされているが乗客の恐怖は理解でき、避けようがないのを申し訳なく思った。

(羽田ほどではないが、こっちもかなり悪天候だ)

この時間、全国的に大気が不安定で、視界良好な空港がない。中部国際空港もゴーアラウンド——機体が揺れて着陸をやり直す他機の情報が無線から流れてきた。

張り詰めた空気が流れるコックピットで、五十嵐の隣で操縦桿を握っているのは御子柴だ。

チラッと横目でこちらを見た御子柴が、クッと笑う。

「いつも通り、すかした顔をしていろよ」

緊張をほぐそうという意図はわかるので、反論はしない。

「これほどの悪条件が重なることがあるのですね」

ダイバードの経験は数回あるが、変更先の空港でも着陸が難しいのは初めてだ。

「これほど？　俺に言わせればこの程度だよ」

御子柴の総フライト時間は五十嵐の倍以上で、口調は軽いが、その言葉には重みがある。迷惑に絡んでくる上司を、この時ばかりは心から頼もしく感じた。

おかげで緊張を緩められた時、管制から無線で呼びかけられる。

『Skyairrise700 runway36 cleared to land. Wind300 at 25』

「runway36 cleared to land. Skyairrise700. キャプテン、着陸許可が出ました。風速二十五ノットです」

「視界は百メートルだとよ。滑走路がほとんど見えず、風も強め。よし、頑張れ。応援しているぞ。ユーハブ」

操縦を代わろうとしている御子柴を信じられない思いで見た。

これほどの悪天候の日はオートマチックでの着陸は行えない。

手動で降り立つのだから、副操縦士より経験値の高い機長が操縦すべきだろう。

こんな時にまで冗談を言うのかと眉をひそめたが、御子柴は目線を前方に据えたまま
いつになく真面目な顔をしていた。

「お前が操縦するんだよ。返事は？」

「二百人以上の乗客乗員の命がかかっているのをお忘れですか？」

「大前提を俺に説くとは失礼なやつだな。成長の機会を与えてやると言っているんだ」

「しかし――」

「俺がこのまま操縦してもいいが、それならお前はいつ悪条件下でランディングするんだ？　機長に昇格してからか？　その時にお前より頼れるＦＯが隣にいればいいが」

御子柴は今回だけでなく、五十嵐がこの先に乗務する未来のフライトの安全まで守ろうとしている。それを理解してもまだ操縦を代わると言えない。

自信がないわけではない。自分ならできると思う心に不安を覚えたからだ。

(己の技術を過信していないか？)

着陸に向けてどんどん高度は下がり、悪天候でなければ空港が目視できる距離だ。

迷いを消せない五十嵐に、御子柴が淡々と言う。

「シミュレーターで視界ゼロ飛行もやっているよな。お前の定期審査の成績は把握している。優秀すぎて可愛くないＦＯだよ」

実際のフライトでは起こりようがないほどの異常や悪天候に遭遇するのがフライトシミュレーターだ。燃料切れに全エンジン停止や火災、計器の故障に着陸予定の空港の閉鎖。台風に吹雪に浸水した滑走路。一般道路に胴体着陸したこともある。ディスプレイには滝のようにエラーメッセージが流れ、そのひとつひとつに対処しながら無事に着陸しなければならない。

それらに比べると、今はずいぶんと好条件のフライトに思えた。

「自信がないなら無理にとは言わないが」

「あります。あるのが少々不安だったのですが、過信ではないようなので安心しました」

挑戦的に口角を上げて答えたら、御子柴が満足げに笑う。

「お前はそれくらい熱くてちょうどいい。ユーハブ」

「アイハブ　コントロール」

五十嵐が操縦桿を握ると、御子柴が滑走路までの距離を読み上げる。

「三百、二百五十、二百、百五十……」

機体が揺れて向きを補正しながら前方に目を凝らす。

叩きつけるような雨の中に、霞《かす》む滑走路端灯を肉眼で確認できた。

「インサイト　ランウェイ」

滑走路が濡れているため、あえて強めにタイヤを接地する。ガタンと衝撃が体に伝わり機体が滑走路をすべる。

ブレーキの効きはやはり弱いが想定内だ。

徐々にスピードは落ち、オーバーランすることなく無事に止まった。

キャビンから乗客の拍手が聞こえる。

「パーフェクトランディング。まぁ、俺の愛弟子なら当然だろ」

差し出された御子柴の手を握ると、やっと長いフライトが終わったと実感して大きく息をついた。

他のことを考える余裕も生まれ、真っ先に頭に浮かんだのは和葉の顔だった。

「和葉は……」

「なにか言ったか？」

「あ、いえ、なんでもありません」

時刻は二十三時二十分。予定通りのフライトでなかったため、このあとにやることも多い。明日のスケジュール調整もしなければならず、近くの宿泊先に向かうまでに一時間以上かかるだろう。

(帰宅しないのを心配しているだろうか)

少しはそうであってほしいところだが、彼女のことだからジャンク部品のオークションに夢中になっていそうな気もした。

(連絡は不要だな)

心配していたとしても、同じ業界に勤めているのだから、帰れない場合があるとわかっているはずだ。それに明日、和葉が早番で出勤したら、夜間の到着便に大きな乱れがあったと知ることになる。

(それでも、声が聞きたい……)

そう思ったが、退勤してからの連絡だと寝ているところを起こしてしまう可能性が高い。

(仕方ない。電話はやめておこう)

気持ちを抑えた五十嵐は、和葉を思いながら駐機場へと機体を進めた。

＊　＊　＊

翌朝、八時に出勤した和葉はコントロールルームのパソコンの前に立ち、驚きの声を漏らした。

昨夜の嵐で二十一時以降の出発便はすべて欠航。到着便にも大きな影響が出たのを今、知ったからだ。

時間的に五十嵐が乗務した福岡便は関係ないと思ったが、念のために調べてみると、羽田への到着がつい先ほどだったとわかった。

（一度、関空に降りている。急病人でも出たの？　再出発後、嵐で羽田に着陸できず、夜遅くに中部国際空港にダイバード。こんな事態に遭っていたなんて……）

昨夜の和葉は布団に入っても一睡もできず、朝を迎えた。

美玲の誘いに応じてふたりで飲みに行き、一夜をともにした以外、帰宅しない理由を思いつけなかった。百日の期限が近づいても和葉が一向に恋心を認めないから愛想をつかされたと思い、後悔や嫉妬、悲しみや喪失感で枕を濡らした。

そのあとは縋《すが》りつきたくなる気持ちと闘い、美玲を選んだのなら祝福してあげなければと自分に言い聞かせた。

そして夜が明け、布団から出なければいけない時間になった時に、やっとふたりの恋を応援する覚悟ができたというのに、すべてが杞憂だったとは。

力が抜けて崩れそうになり、デスクに両手をついて持ちこたえる。

（美玲さんも誘えなかったんだ。よかった……）

心底ホッとして軽くなった胸に、ムクムクと怒りが湧く。

（なんのためにあんなに苦しんだんだろう）

ダイバードなら連絡してよと、彼の無精を責めてしまう。

鼻のつけ根に思いきり皺を寄せると、浅見が横に来た。

「おはよう。昨夜は欠航が相次いだらしいな。今日のフライトに機材変更が——その顔、どうした？」

沖縄の魔よけの獅子《しし》、シーサーが威嚇《いかく》しているような顔に驚いているのかと思ったが、浅見の視線は和葉の目の下に留まっている。

「クマがくっきり。顔も腫《は》れぼったいな。ランウェイで飲みすぎたのか？」

「そんなところです。でも仕事に支障はありませんから気にしないでください」

むしろメラメラと燃えるようなやる気が湧いてくる。

（誤解した自分が悪いとわかっているけど、恋愛に振り回されるのはもう勘弁）

「やっぱり私の恋人は航空機だけなんです」

強気な目をして宣言すると、浅見がなにかに納得して頷いた。

「百日の期限とかいうやつが迫っているのか。当初の予想に反してうまくいっていると思っていたんだけど、本当に別れるのか？　コーパイに捨てられた女と噂されるぞ」

「片想いを続けるよりマシです。このままだと昨日みたいにミスを連発してしまう。航空整備士の仕事だけは失いたくないんです」

「片想い？　ふーん……」

間もなく朝礼が始まるので、これ以上話している暇はない。

パソコン前を譲ると浅見は今日の担当便をチェックし、和葉は壁際のスチールラックに工具箱と無線機を取りに向かった。

朝礼を終えて駐機場に出る。

嵐は去っても空には分厚い雲が広がり、風は強めで頬に雨粒があたった。

担当便を一機見送ったあと、すぐに次の便の整備に入る予定が、到着が遅れているため少し待たなければならない。

(立ち止まったら余計なことを考えてしまうから、がむしゃらに働いていたい。休憩もいらない。早く来て)

駐機場の片隅で担当便の到着を今か今かと待っていると、浅見が走ってきた。

今日は同じチームで、この前ライン確認責任者の資格を取得した彼がリーダーだ。

「二十分遅れだと言っただろ。そんなところで待機しないで屋根の下に入れ」

「ここでいいです」

仕事に支障が出るくらいなら恋するのをやめたいのに、気を抜くと五十嵐の顔が浮かんでくる。

愛しくて会いたくなる気持ちを、冷たい風に吹き飛ばしてもらいたかった。

（すごく好きで苦しい。どうしたらこの気持ちを消せるの？）

朝礼前からずっとしかめている顔を覗き込まれたので、目を逸らした。

「泣いているのか？」

「涙じゃなく雨です」

あふれる涙を止めようとして、さらに目元に力を込める。

過去最高のブス顔になっていそうな気がした。

作業用の手袋を脱いだ浅見が、和葉の頬を拭いてくれる。

「負けず嫌いの意地っ張り。金城のそういうところ、俺は結構好きだよ。五十嵐さんと別れたら、俺と一緒に住むか？」

「えっ……？」

どういう意味の〝好き〟だろうかと考える。

可愛がってもらっている自覚はあるが、先輩としてのものだと思っていた。

妹と名前を呼び間違えられたこともあり、恋愛対象にされているはずはないのだが――。

頬を拭いてくれる手に同僚以上の思いを感じて驚き、涙が止まる。

戸惑う目に浅見の真顔が映り、鼓動が速度を上げ始めた時、後ろから濡れた地面を蹴る足音が聞こえた。

振り向くより先に肩を掴まれ、引っ張られる。

「わっ！」

後ろに傾いた体は、パイロットの制服を着た誰かの胸にすっぽりと納まった。

「俺の婚約者を口説くなよ」

怒っているような低い声は五十嵐のもので、たちまち動悸が始まる。

（だ、抱きしめないで。心臓が口から飛び出しそう。もしかして、私に会いに来てくれたの？）

昨夜のフライトが大変だったので、おそらく彼の今日のスケジュールは変更され、このあとはオフかスタンバイだろう。

帰宅する前に、雨の駐機場で和葉を捜した意味を考えてしまう。

（まさか私と同じ気持ちのはずはないよね。期待したらダメ。片想いがつらすぎて、

こんなの、もう嫌だ）

「慰めていただけです。妹みたいに思っているので」

ムッとしたように浅見が言う。

（あ、やっぱりそうなんだ。よかった）

「五十嵐さんの方こそ、泣かせないでもらえますか」

泣いていたのをバラされて慌てると、五十嵐にクルリと後ろを向かされた。

眉間に皺を寄せた彼に真正面から顔を覗き込まれ、さらに焦る。

「浅見さんの勘違いです。少しも泣いていません」

「ひどい顔だな」

雨に濡れても美々しい彼に、気の毒そうな目を向けられて傷つく。

「その言い方がひどいです。美玲さんみたいに美人じゃなくてすみません」

「寝ずに待っていたのか？」

「そ、そんなわけないです。布団に入れば秒で眠れます。連絡なしで帰宅しなくてもフライトでなにかあったんだろうと思っていましたし、美玲さんに誘われてそっちに行ったとか、少しも考えませんでした」

「寝ているところを起こしたら悪いと思って連絡しなかったのだが、そんなに不安にさせていたとは。すまなかった」

「あの、私の話、聞いてます？」

平気だったと言っても信じてくれない彼が、不満顔の和葉を無視して浅見を見た。

「数分でいい。和葉を借りたい」

「ホノルル便の到着まででしたら。十分以内でお願いします」

仕事中なので話は帰宅してからにしてほしいと口を挟んだが、男ふたりにそれもスルーされる。

背を向けて歩きだした浅見が、急に立ち止まって振り向いた。

「言い忘れていましたが、金城は片想いをしているそうですよ」

「浅見さん！」

百日では惚れなかったと強がりを言い、五十嵐のマンションを出るつもりだったのに、人の恋心をアッサリと暴露しないでほしい。

「笑顔にして仕事に戻してください」

それだけ言うと浅見は立ち去り、五十嵐とふたりにされた和葉はこの上ない気まずさを味わっていた。

（浅見さん、恨みます）

五十嵐の反応が気になるが、目を合わせることができない。

（からかってくるのか、勝ち誇るのか……）

意地悪に笑われそうな気もして身構えていたのに、それについては触れてこない。

「一時間半ほど前に羽田に戻ったところだ」

「し、知っています」

「堂島さんから声をかけられて、お前との勝負についての話を聞いた」

落ち着いた口調だが、顔を見れば不満げで慌てて弁解する。

「私は勝負しないと言いました」

「ああ。それも聞いた。自信がなさそうで、受けてくれなかったと言っていた」

制帽の鍔の下で眉間に皺が寄っている。

自分の知らないところで勝負されるより、自信がなくて受けなかったことの方が不満らしい。

「俺が堂島さんを選ぶと思ったのはなぜだ？」

「そ、それは……」

航空整備士として一人前に働けている自信があっても、女性としての魅力には欠けると感じている。それなのに才色兼備で非の打ちどころのない美玲にライバル宣言されたのでは、負けると思って当然だろう。

そう説明して、半ばやけっぱちの気持ちでつけ足す。

「五十嵐さんが私を気に入ってくれているのは知っていますけど、その程度です。あと五日で婚約解消ですし、どうやって自信を持てばいいんですか」

「つまり、勝負を受けなかったのは片想いが原因か？」

「そうですよ！　悔しいけど私の負けです。惚れてしまったんです。でも結婚はしませんから。恋愛に不向きな性格だとつくづくわかりました。片想いが苦しくて仕事に支障が出ます」

冷たい雨粒が斜め上から頬を打つ。

呆れて無言になった彼を見て、〝気に入っている〟から格下げになったのを感じた。

(可愛げがないと思っているんだ。その通りだよ。自分でもなんでこんな性格なのかと呆れてる。でもそれでいい。これで片想いも終わりにするから)

美玲に勝負を持ちかけられた結果、彼を諦めたのは和葉も同じだった。

そう思っているのに、なぜか五十嵐の口角が上がる。

「告白された気がしないが、まぁいい。近日中に婚姻届を取りに行こう」

「今日はずいぶんと私の話を聞かないですね」

るな」

「聞いている。俺が好きなんだろ？　俺も同じ気持ちだ。勝手に片想いだと決めつけるな」

「へっ……？」

予想外の言葉に理解が追いつかず、間抜けな声で聞き返す。

こちらは徹夜で悩んで脳が疲れているのだから、もっとはっきり言ってほしい。

「それはつまり、五十嵐さんも私が好きだということですか……？」

消えたばかりの期待が復活し、胸の中で瞬く間に広がる。

動悸を加速させて愛の言葉を待っているというのに、腕時計に視線を落とした彼に時間切れを指摘された。

「続きはあとで。家で待っているから、頑張ってこい」

「え、ちょっと待ってください！」

呼び止めても聞いてくれず、背を向けた彼が片手を上げて別れを告げる。

駐機場に面したターミナルビルの関係者出入口へ足早に向かい、その背が完全に見えなくなった。

（なによそれ。喜びたくても喜べないじゃない！）

これ以上期待が膨らまないように制御するのが大変で、昨日のハラハラと違った意味で心乱され、仕事が手につかなくなりそうだ。

「意地悪！」

雨の空に向けて文句をぶつけたあとは、ふくれっ面に笑みが戻った。

勤務を終えて急いで空港をあとにした。

今ではすっかり慣れたセレブなマンションに着き、エレベーターのボタンを連打する。

（早く昼間の続きが聞きたい）

廊下を走って玄関前で急ブレーキをかけると、はやる気持ちをなだめて深呼吸した。

（張り切っているのがバレたら恥ずかしいから、ここはあえて余裕があるところを見せよう）

解錠して家に入ると、ふんわりと出汁の香る美味しそうな匂いがした。

ダイニングテーブルでは土鍋がぐつぐつと煮えており、五十嵐が冷蔵庫から缶ビールを出していた。

「おかえり」

「ただいまです。そのお鍋は……」

コートを脱ぎながら土鍋に近づく。

昨夜の鍋は火にかけることなく、切った材料はビニール袋に入れて冷蔵庫にしまっておいた。

「和葉が用意してくれたものに具材を足した」

あったらよかったのにと昨日思ったつくねに加え、ホタテとエビとカニが入っている。

「豪華！」

「今後は俺が帰宅しなくても夕食は食べろよ」

一食抜いたのを見透かされ、苦笑してごまかす。

「取られると思って気が気じゃなかったのはわかるが」

つけ足された余計な言葉には赤面し、口を尖らせて言い訳した。

「単にお腹が空かなかっただけです。四六時中、五十嵐さんのことを考えていると思わないでください」

「へぇ、そうか」

向かい合って座ると、彼がビールを注いでくれた。

うまくごまかせたと思ったのに、胸元を指さされる。

「ボタンをかけ違えているぞ。早く帰りたくて気が急いていたわけではないんだよな？」

「あっ」

慌てて青いカーディガンのボタンを留め直していると、軽く睨まれた。

「仕事は集中していたんだろうな」

「当然です。でも五十嵐さんのせいで上の空になりそうでした。あそこまで言っておいて預けなんて、ひどい」

鼓動が速度を上げていく。

ビールをグイッと半分ほど飲んで勢いをつけ、鍋の湯気越しに真正面から彼を見つめた。

「私は言いましたよ。惚れてしまったって。五十嵐さんも言葉にしてください」

無言で視線を絡ませ、緊張してその瞬間を待つ。

今度こそと期待を高まらせているというのに、フッと笑われただけだった。

取り皿にエビやつくねをひょいひょいと入れられる。

「食べろ」

「お預け続行⁉」

「話は食べながらな。煮えすぎると不味くなる」

渋々つくねを口に入れると、熱々の美味しさに目が輝いた。

我ながら単純だと思うが、ひと口食べれば箸が止まらなくなり笑われてしまった。

「昨夜は連絡せずにいて悪かった。堂島さんとの勝負を知らなかったから、お前ならこちらの事情を推測できると思ったんだ」

「それは、もういいです」

彼の言う通り、勝負がなければ仕事上の問題で帰宅できないのだろうと思えたはずだ。昨夜の涙が彼のせいではないとわかっている。

「今朝、羽田に戻ってきてから美玲さんと話したんですよね。どんな話を？」

「勝負が不成立に終わったと聞かされて、好意も伝えられた」

今はもう取られる心配をしていないが、昨夜の不安を思い出すと胸が痛かった。

（美玲さんの告白をどう思った？）

美人に言い寄られたら、交際する気がなくても嬉しいものだろう。

それが普通の反応だと言い聞かせて心を守りつつ、恐る恐る問う。

「嬉しかったですか……？」

するとグラスを持つ手を宙に止めた彼に睨まれる。

「お前がいるのになぜ喜ばないといけない。堂島さんには、和葉と別れる気はなく好意を持たれても困ると返事をした」

「えっ、ありがとうの言葉もなく？」

「ああ。少しもありがたくないからな」

ホッとしつつも美玲の心の傷を心配した。

彼女ほどの人なら多くの男性から交際を求められそうだが、フラれた経験はないだろう。五十嵐に冷たく断られて今頃泣いているのではないかと思うと、箸が進まなくなる。

「可哀想……」

ボソッとこぼした同情が彼の耳に届いてしまい、不愉快そうな目をされた。

「断った俺が悪いのか？」

「あ、違います。責めたいわけじゃなくて──」

「心配いらない。堂島さんは本気で俺が好きだったわけではないからな」

（どういうこと？）

目を瞬かせていると、カニの殻をむきながら淡々と説明してくれる。

美玲の父親である堂島室長が、そろそろ結婚相手を見つけろと娘に言っているらしい。それで彼女は厳しい父親のお眼鏡にかないそうな相手をと考え、五十嵐を候補に挙げただけだという。

「最初は批判的な目で俺を見ていたそうだ。堂島室長がよく俺の話をして持ち上げるから、自分も褒めてほしいと嫉妬していたと言っていた。つまり彼女が好きなのは父親であって俺ではない」

父親に認められたくて五十嵐に照準をあてたのだというのが彼の推測だ。

「堂島さんにもそれを指摘したが、納得していたぞ」

『そうかもしれません。ということは、この恋は勘違いですね。ご迷惑をおかけしました。金城さんにも謝っていたことをお伝えください』

美玲がそのように言ったそうだ。

きれいにむいたカニの身を和葉の皿に入れてくれた五十嵐が、二本目のビールを取りに冷蔵庫に向かう。

すっきりとした横顔を見る限り、この問題は解決済みとしていそうだ。

(そうなの……?)

ひとり納得いかない和葉は、勝負を挑んできた時の美玲の真剣な目を思い出していた。

(必死な感じだった。本気で恋をしたからあんなお願いをしてきたんだろうし、そうするまでにはかなり悩んだはずだ)

好きになった相手に恋心を信じてもらえないのは苦しいに違いない。

それなのに勘違いだったことにして、これを機会に諦めてくれた美玲に感謝した。

一時間かけて美味しく鍋を楽しんだあと、和葉は湯船に浸かっている。

年中暖かい沖縄の実家では浴槽にお湯を溜める習慣がなく、東京に出てきてからもひとり暮らしのアパートでシャワーしか使ったことがなかった。このセレブなマンションで暮らすようになって、寒い日の湯船の心地よさを知ったのだ。

(この先もずっと、このお風呂に入れるんだ)

缶ビールを二本飲んだので、ほろ酔いのいい気分。

鍋の準備から後片づけまで五十嵐がやってくれて極楽だ。

(疲れているだろうから寝てしまわないうちに風呂に入れって、今日の五十嵐さん、すごく優しい)

幸せすぎて、彼との未来を泣いて諦めようとした昨夜が遠い過去のように思える。

(片想いじゃなくてよかった……ん？)

「よくない！」

あることに気づいたら、のんびりした気分がたちまち吹き飛び、急いで浴室から出てパジャマを着た。

（まだ好きだと言ってもらっていなかった）

鍋をつつきながら話したのは、百日の期限後も婚約は継続で結婚に向けて準備をするというザックリとした未来のプランだ。

本当の意味での婚約者になれたことを喜びすっかり満足していたが、一番欲しい言葉をもらっていないと気づいて焦る。

気分が盛り上がっている今日を逃せば催促しにくくなりそうで、『言葉にしなくてもわかるだろ』とも言われそうな気がした。

髪が完全に乾くのも待てずにドライヤーのスイッチを切り、リビングに駆け戻ると、彼がすべて片づけ終わったダイニングテーブルを拭いていた。

「もう上がったのか。俺は帰宅してシャワーを浴びたから入らないぞ」

「五十嵐さんが入ると思って急いだわけじゃないです」

それならどんな理由だと言いたげに手を止めている彼に近づき、急にもじもじする。

（すでにもう聞きにくい）

「あの、まだ言われていないんですけど……」

顔が熱いのは湯上りのせいだけではない。

告白をせがむのは三度目で、恥ずかしいからこれ以上のお預けは勘弁してほしい。

和葉がなにを求めているのかは伝わったようだが、しつこいと思ったのか呆れた目を向けられる。

「和葉が好きだ」

この上なく淡白な口調で言われ、「これでいいか?」と台無しな言葉までつけ足された。

「アッサリしすぎて告白された気がしません。やり直しです」

「俺の気持ちはわかっているだろ。信じられないのか?」

モテすぎるイケメンのくせに女心に疎《うと》いのか、言葉にする必要性がまったくわからないといった態度で眉間に皺を寄せている。

そんな顔をされたら和葉の方も眉根が寄る。

「わかっていますけど——あれ?　わかるってなにを?」

「は?」

自分のどこを好きになってもらえたのかがわからない。

「美人じゃないし色気もないしモテない。素直じゃないし、すぐにムキになるし、可愛くない。料理が得意でもないし、お洒落じゃないし、気の利いたことも言えないし、常に金欠だし……」

自己評価しているうちに女性としての魅力が足りないどころではないと気づいた。恋をする前はそんな自分も結構好きだったのに、今は落ち込みそうになる。

すると手を引っ張られて正面から抱きしめられた。

たちまち鼓動が速度を上げ、真っ赤な顔で上を向くと、優しい目に見つめられた。

「自分を卑下するような言い方はやめろ。どこが好きなのかと言えば、すべてだ」

「嬉しいです、けど」

面倒だから『すべて』で片づける気ではないかと疑ってしまう。

「納得していないな」

「具体的に言ってもらえないと……」

「そうだな、まずは強気な目。四年以上前から、その目に惹かれていた」

五十嵐に出会ったのは今年の夏なのにおかしなことを言う。

目を瞬かせる和葉に彼がクスリとした。

「覚えていないようだが、ホノルル便のコックピットで新人の頃のお前と無線で話したことがある」

そう言われてもまだピンとこない。

新人の頃は直接パイロットとやり取りするのを禁止されていたので、気づいたことや聞きたいことがあっても指導者を通さなければならなかった。

一度だけ、浅見の無線機を奪うようにしてコックピットのパイロットと話し、上司から厳しく注意された。

その時を思い出してやっと気づく。

「補助動力装置の音が気になって、スポットでエンジンをかけてほしいと頼んだことがあるんです。もしかして、それを聞き入れてくれたのは……」

「俺だ」

目を細めた彼がフッと笑う。

「注意されている和葉を見てかばおうと思ったんだが、落ち込むどころか強気な目で反論していたよな」

(まさか叱られている現場を見られていたなんて。あの時は必死だったけど、今思うと他にやりようがあったと思う。知識も技術もないのに強気だったあの頃の自分が恥ずかしい)

思わず首をすくめたが、五十嵐は大切な思い出であるかのような目をしている。

「感心したんだ。仕事への情熱や使命感に。整備士としてのお前を尊敬し、信頼している」

「整備士として……」

空港で作業着姿の時に言われたなら大喜びしそうだが、恋心を満たしたいと期待している今は微妙な笑みを浮かべてしまう。

すると頭に大きな手がのり、優しい目で見つめられる。

「俺は尊敬と信頼ができない相手を好きにならない。知らなかっただろうが、あの頃からお前に惹かれていた。だから四年後に再会した時は嬉しくて、必ず手に入れようと思ったんだ」

「えっ⁉」

驚くことに、五十嵐の名前も知らなかった新人の頃から、彼は和葉に惹かれていたという。

ランウェイで再会後、親しくなりたいと思ったが、和葉の方は恋愛にも五十嵐にも興味がなさそうだった。

ストレートに告白すればフラれるのがわかっていたため、どうやって近づこうかと考えていた矢先にストーカー事件があった。守りたいという気持ちで同棲を提案したが、和葉を手に入れるチャンスだと思ったのも事実なのだそう。

しかし無償援助を断られたため、女避けという交換条件を出した。

それは口だけで盾にする気は少しもなかったそうで――。

「お前が嫌がらせされる恐れがあったから、婚約関係は隠すつもりだったんだ。予定通りにいかなかったが」

（あっ、だからあの時、おかしなことを言っていたんだ）

契約を交わした翌日の夜のことだ。

『お前からは誰にも話すなと今夜言うつもりだったのだが、遅かったか』

婚約の噂を広めなければ女避けにはなれないというのに、彼はそう言って額を押さえていた。

その意味がようやくわかってすっきりすると同時に、最初から大事に思われていたと知り、胸が熱くなる。

嬉しくて頬が緩みそうになるのをこらえ、口を尖らせた。

「女避けにするような人を好きにならないようにって、ずっと耐えていたんですよ。もっと早く言ってくれたら、そんな我慢はいらなかったのに」

「そうなのか？」

驚いている彼がおかしくて吹き出すと、不満げに睨まれ、逞しい両腕に閉じ込められた。

形勢逆転とばかりにニッと口角を上げる彼に胸が高鳴り、頬が熱くなる。

それでも可愛い反応はできず、文句をぶつける。

「笑われて悔しいからって、攻撃しないでください」

「嬉しいくせに」

「なっ……！」

「強気で生意気で意地っ張り。なのに迫られるとウブさを隠せない。自己評価が低いようだが、俺の目には誰より可愛く映っているぞ。知れば知るほど和葉を好きになる。どこまで惚れさせたら気がすむんだ？」

（そんなに私が好き……？）

期待していた以上の告白をもらい、嬉しさのあまりに目が潤む。

最大限の照れくささも味わっており、目を合わせていられずにうつむくと、顎をすくわれて上を向かされた。

「俺から目を逸らすな」

大人の色気を醸す瞳に映るのは、胸を高鳴らせた自分の顔。

それを目にした瞬間に唇を奪われ、心臓が大きく波打った。

最初は優しく、押しあてるようなキスは、やがて唇を割って深くまで味わわれる。

「んっ」

これが人生初めてのキス。

どうやって息継ぎしていいのかわからないほど無知なのに、気持ちよくて次第に体が火照りだす。

(このままずっと、こうしていたい……)

上限知らずに加速する動悸が苦しくても、夢中で唇を重ねる。

しかし数秒して唇が離されると、ハッと我に返った。

(今、めちゃくちゃ女の顔になっていた。恥ずかしすぎる)

うつむき加減に目を泳がせていると、手を取られた。

「このまま照れている姿を見ていたいが、もうひとつやることがある」

「やること?」

繋がれている手を引っ張られ、リビングを出た。

連れていかれたのは彼の寝室で、廊下から伸びる光の先にはベッドがあり、たちまち慌てる。

(やることって、つまりその、あれのこと⁉)

たった今、ファーストキスで心臓を激しく波打たせたばかりだ。

人生初が短時間で続くと心が持たない。

「あ、あの、嫌ではないんですけど、ベッドに誘うのは別の日にしてもらえると助かるんですが……」

後ずさりながら断ると、壁際のライティングデスクの照明をつけた彼が苦笑する。

「いやらしい期待を裏切ってすまないが、見せたいものがあるだけだ」

「えっ」

勘違いでさらに恥ずかしい思いをしたが、それ以上からかわれることはなかった。

腰を落とした彼が、デスク横の床に置かれているフライトバッグを開けている。

取り出したのは、ふたつ折りの茶色い革のケースだ。カードか名刺入れにしてはややサイズが大きく、パイロットライセンスが入っているのだろうと予想する。

しかし収められていたのは一枚の写真だった。

デスク上のノートパソコンを端に避けた彼が、空いたスペースにそれを写真立てのように飾る。

真顔で振り向いた彼を見て、大切な話があるのだろうと予感した。

隣に並んで写真を見ると、パイロット風の制服姿の若い男性が、笑顔でコックピットに座っている。

〝パイロット風〟と言ったのは、空港で働いている和葉でも見たことのない制服だったからだ。

年齢は二十代前半くらいで、顔立ちが五十嵐に似ている。しかし目尻が少し垂れているので、本人の写真ではないようだ。

「兄弟ですか？」

推測で問いかけると、彼が頷いた。

「兄の翔《しょう》だ」

ふたり兄弟で年は七つ離れている。家族は母と三人で、離婚家庭のため物心ついた時には父はなく、今も連絡を取っていないそうだ。

「この制服は航空大学校のものだ」

パイロットになるのを夢見て進学し、卒業間近の二十三歳の時に交通事故で亡くなった。制御不能の暴走車が歩道に突っ込んできて、目の前を歩いていた小学生を咄嗟に突き飛ばして助け、自分は犠牲になったという。

（そんなに悲しい過去があったんだ……）

これまで和葉の実家については何度か話題に上がったが、彼の家族については話してくれなかった。

口にするのがつらく言えなかったのだろうかと心配し、眉尻を下げて彼を見つめた。するとと頭に大きな手がのせられ、悲しみは乗り越えていると言いたげに微笑んでくれる。

「見ず知らずの子供の命を救った兄を誇りに思う。俺に対しても優しい自慢の兄だった。亡くなったあと、母の病状が悪化して、一番心配だったのはそれだ」

五十嵐の母は長年心臓病を患っており、定期的な通院と服薬治療を続けながら兄弟を育ててくれた。フルタイムで仕事もこなし、一見すると元気そうだったのに、息子を亡くしたショックで倒れてしまったそうだ。

当時、五十嵐は十六歳で、兄に続いて母まで失うのかと恐怖したという。

入院中の母の枕元につき添っていた時、弱々しい声でこう言われた。

『世界中の空を飛びたいという翔の夢は叶わなかったね。航空会社への就職も決まっていたのに。翔の夢を応援しているうちに、いつの間にかお母さんの夢にもなっていた。パイロットになった姿を見たかった……』

息子を失った母親の気持ちを想像し、胸が締めつけられるように痛んだ。

彼が泣いていないのだからと涙をこらえていると、隣で彼が小さく嘆息した。

なにかを決意したような目を向けられ、緊張して背筋が伸びる。

「これを言うと幻滅されるかもしれないが」

前置きのあとに重たい声が響く。

「どうしたら母が回復するだろうと考えて、俺は兄の代わりにコックピットクルーを目指した」

もう一度、母親に希望と夢を持ってもらいたかったのだと彼が言った。

これまでに何度かパイロットになった動機を聞こうとして失敗してきた。

やっと教えてもらった理由がズシリと胸に沈む。

「なりたくてなったわけではない、ということですか？」

恐る恐る問うと、バツが悪そうな顔をされる。

「なりたくなかったわけでもないが、まぁそうだ。他に目指していた職業はなく、兄の夢を継ぎたいという気持ちだけでコックピットクルーになった。初めて空を飛んだ時、訓練生の仲間は皆、興奮して楽しそうだった。夢が叶ったと喜んでいたな。俺はその気持ちを味わえない。今でも思う。同じ空を飛んでいても、俺だけ景色がくすんで見えているんだろうと」

どうにもできない欠点だと思っていそうな低い声。パイロットになった時から今までずっと悩んできたのが伝わり、和葉の胸も苦しくなった。

『君のようになりたいと憧れている』

『羨ましいな。バカがつくほど航空機を好きになれるのが』

そう言われた時、からかわれたように感じたが、大好きな仕事に励む和葉を心から羨ましいと思っていたようだ。

「和葉にはなかなか言えなかった。残念に思わせたならすまない」

反応を窺《うかが》うような目にはいつもの余裕が感じられない。

パイロットになるまでも、なってからライセンスを維持するのも相当な努力が必要で、好きだから苦労を乗り越えられるのだと思っていた。

航空整備士は機体を、パイロットは飛ぶことを愛していると信じていたため、自分と同じ情熱がないのは少し寂しい。

けれども五十嵐が懸念しているような気持ちにはならない。

彼がどんな思いで飛んでいるのかと想像すると切なくて、胸が痛い。

これから先もずっと悩みながら操縦桿を握るのかと考えて苦しくなり、無言でいると、彼の表情が曇った。

「あっ、違うんです。残念に思ったりしませんし、五十嵐さんを好きな気持ちは少しも減りません。悩みを打ち明けてくれてありがとうございます。あの、どうしたら楽しく飛べるようになりますか？　私にできることはなんでもします。協力させてください」

「ありがたいが、ないな。兄の代わりに飛んでいるだけだから無理だろう」

母親を思う彼の気持ちを考えると、それなら他の職業に就けばいいとは言えない。どうすれば彼の心が軽くなるのかわからず困ったが、この話はおしまいとばかりに彼が写真をしまった。

「そんなに難しい顔をするな。解決策を考えてほしかったわけではない。ウィークポイントを隠したまま結婚するのは卑怯な気がしたから、話しておこうと思ったんだ」

次に彼は机の引き出しを開け、白い小箱を取り出した。

和葉と向かい合い、フッと素敵に微笑む。

「情熱的に仕事をする和葉に憧れている。一緒にいると俺の中の欠けている部分が埋まる気がするんだ。これからも隣にいてほしい。結婚してくれ」

結婚という言葉はこれまでに何度も出たが、はっきりとプロポーズされるのは初めてで、歓喜に胸が高鳴った。

和葉が笑顔で頷くと、目の前で小箱が開けられた。

現れた大粒ダイヤの指輪に目を丸くする。

「エンゲージリング……ですよね？」

「ああ。買ったのは同棲を始めたばかりの頃だが、お前の気持ちを掴んでから渡そうと思い、しまっていた」

「百日前は突き返されそうな気がしたからな」とつけ足し、苦笑する彼に驚く。

婚約に期限を設けたのは彼なのに、当初から指輪を買うほど本気で結婚を考えていたとは知らなかった。

（自分で思うより、かなり愛されているのかも）

左手の薬指に指輪を通されると、さらに喜びが膨らむ。

同僚から子供サイズだと笑われたことのある小さめの手は、ところどころに仕事で作った傷跡がある。きれいとは言えない手に大粒ダイヤが似合っているのか自信はないが、サイズは合わせたようにちょうどいい。

「すごい、ピッタリです」

「測ったから当然だ」

「えっ、いつ？」

心当たりのない和葉に、彼の口角がニッと上がる。

「夜勤明けのお前がソファで寝ていた時だ。同棲開始後たった数日で、腹を出して寝られる度胸に感心した」

あの頃は夏真っ盛りで、部屋着はTシャツにショートパンツだ。Tシャツがめくれてへそが見え、よだれまで垂らして熟睡していたと聞き、顔に熱が集中した。

「人の寝姿を観察して指のサイズまで測るなんて。起こしてくれてもいいじゃないですか！」

「あそこまで気持ちよさそうに寝られると、起こせないだろ。襲われなかっただけ感謝しろ」

「襲われ……!?」

美人揃いのCAから熱視線を浴びる彼が、女子力の低い自分に欲情するとは思えなかった。

「私にも色気があるの？　いや、ないでしょ」

自問自答していると、腰に彼の片手が回された。

ライティングデスクの明かりを映したその瞳は熱っぽい。

鼓動が跳ねた次の瞬間、一気に横抱きにされて口から心臓が飛び出しそうになる。

「五十嵐さん⁉」

「落ちるぞ。暴れるな」

慌てても下ろしてくれず、ベッドまで運ばれて仰向けに寝かされた。

和葉の黒髪がシーツに広がり、顔の横に片腕を突き立てた彼に真上から覗き込まれる。

（こ、この状況って）

いつもは涼しげな切れ長の目が今は熱を帯びたように艶めいて、隠すことなく大人の色香を全身から醸している。

真顔でじっと見下ろしていた彼は、形のいい唇を薄く開くと、妖艶にペロリと舐めてみせた。

「色気がない？　湯上りのパジャマ姿で言う台詞じゃないな。惚れた女に欲情しない男はいない」

「ま、待って――」

願いは聞いてくれずに唇を奪われた。

今日は初めてのことだらけで心が疲れているから勘弁してほしいのに、無垢な体まで捧げろと言うのか。

（嫌じゃないけど……）

唇や口内にとろけるような攻撃を受けていると、次第に体のあちこちが疼きだす。愛しい人にもっと愛してほしいという欲求が胸の中で急速に広がり、気づけば和葉の方からも触れたくなって彼の首に腕を回していた。

してやったりと言わんばかりにニヤリとされても、悔しさより愛しさが勝る。

（マズイ、私じゃないみたいに心も体もおかしくなる。この恋は重症かも……）

深いキスを繰り返して息が乱れ、胸や太ももを撫でるみだらな手つきに喘《あえ》ぐ。

初体験に戸惑っていてももっと触れてほしくなり、突き抜けそうな恥ずかしさを味わっているのに下着の最後の一枚を脱がされてもやめてほしくなかった。

ドアが半分開いたままなので、廊下からの光の帯が和葉の小ぶりな胸を横断している。

上にまたがり口の端を上げた彼にじっくりと視姦《しかん》され、熱に浮かされたように本音が漏れた。

「すごく、好き」

「俺はもっと好きだ。先に惚れたのは俺の方だからな」

熱い吐息が唇にかかり、体を密着させた彼に広げた両足を抱えられた。

いよいよ繋がるのだと気づくと、急に現実に引き戻されて体がこわばった。

(痛いよね？　どうしよう、結構怖い……)

「五十嵐さん、待って」

ほどよい筋肉質の胸を両手で押して抵抗すると、体を起こしてくれた。

「怖いのか？」

「き、緊張しているだけなので大丈夫です。あの、プッシュバックくらいのゆっくりしたスピードでお願いします」

「こんな時にも航空機か」

呆れられてしまったが、お願いした通りにゆっくりと腰を沈めてくれる。

「うっ、痛っ——」

「まだ少しも入っていないぞ。怖いと思うからだ。力を抜け」

「そんなこと言われても無理です」

睨み合うように視線をぶつけていたが、急に眉間の皺を解いた彼に普通の口調で問われる。

「衝撃波によって主翼の風圧中心が後退し、機体が機首下げになる現象をなんという？」

「へ？」

「この程度がわからないのか。勉強不足だ」

「わかります。どうして今、そんなことを聞くのかと思っただけです」

これでも同期の中で成績はいい方だ。バカにしないでという負けず嫌いの気持ちで答える。

「タック・アンダーです」

「正解。やるじゃないか」

「このくらい当然で――あっ！」

褒められて胸を張った直後に、中心を貫かれた。

強い痛みが下腹部に走って呻《うめ》いたが、一瞬で通り過ぎて尾を引かず、目を瞬かせる。

「入りました？」

「ああ。力が抜けてよかったな」

問題を解かされた理由にやっと気づき、やられたと頬を膨らませた。

ククッと笑った彼が、その目に蠱惑的な色を取り戻す。

ゆっくりとリズムを刻みだした彼に抱きしめられると、和葉も快感の世界に引き戻された。

喘ぎながら波に揺られ、喜びと幸せに溺れそうになる。

(こんなに好きになれるなんて……)

意地悪だけど優しい彼に出会えた幸運に感謝した。


エンゲージリングを渡された日から五日が経ち、今日が同棲を初めて百日目だ。

朝六時にセットしている携帯のアラームが遠くで鳴っているような気がしたが、和葉は瞼を開けられず寝息を立てている。

(フフッ、こう見えても私、航空整備士なんです)

ランウェイでたくさんの客に囲まれ、航空機知識を披露している夢を見ていた。

なんでもありの夢の世界なので、いつの間にか店内がキャビンに変わっている。

『間もなく離陸します。シートベルトをお締めください』

酔っぱらって騒ぐランウェイの客に美玲が笑顔で声をかけていて、作業着姿で整備中の和葉は慌てた。

(もう離陸? 待って、私が降りてからにして！)

搭乗口へ向かったが、すでに扉は閉まっており機体が動きだす。

美玲に呼びかけてもなぜか声は届かず、焦ってコックピットまで走ってドアを叩いた。

(整備の金城です。降ろしてください!)

扉を開けて飛び込むと、コックピットの窓の外を雲が流れていた。

(もう飛んでる⁉ どうしよう。今日のこのあとの整備に入れない)

呆然《ぼうぜん》としたその時、機体が雲の上に出て、急に眩しい太陽に照らされた。

『ああ、きれいだ。地上から見るよりずっと。パイロットになってよかった』

副操縦士席のしみじみとした声は五十嵐のもので、逆光の中で振り向いた彼は嬉しそうな笑顔を見せてくれた。

(五十嵐さんが操縦を楽しんでいる……!)

どういう心境の変化があったのかわからないが、その笑顔は本物で、心の底からホッとした。

「心配していたんですよ。本当によかった……」

ムニャムニャと呟くと、耳元で呆れ声がする。

「よくないだろ。いい加減に起きろ。遅刻するぞ」

「ん?」

やっと目を開け、ぼんやりとした意識が固まってくると、起床時間が過ぎているのに気づいてたちまち慌てた。

「今、何時ですか?」

毛布を跳ねのけて身を起こす。

ここは五十嵐のベッドで、隣には迷惑顔の彼が素敵な半裸をさらして横になっていた。

「六時二十分」

「大変、シャワーを浴びようと思ったのに時間がない。どうしてもっと早く起こしてくれないんですか」

「俺のせいにしている暇があるなら支度しろ」

「言われなくても——あっ!」

ベッドから下りてなにも身につけていないことに気づき、慌てて落ちているパジャマや下着をかき集める。

体を重ねたのは昨夜が二度目で、乱れに乱れたあとに迎える朝が恥ずかしすぎる。

「赤面している暇もないぞ」

ククッと笑った彼は、和葉が跳ねのけた毛布をかけ直して二度寝しようとしている。

今日は自宅スタンバイで、八時に起きると昨日言っていた。

(早番でなければもう少し一緒に寝ていられたのに)

少し寂しい気もしたが、仕事が大好きなのですぐに気持ちを切り替え、急いで寝室をあとにした。

午前中は機体に不具合が見つかって急な機材変更となった。

整備士もクルーも、グランドハンドリングのスタッフも皆が駆け回り、予定より十分遅れで担当便が新千歳空港へと飛び立った。

慌ただしさの中で時間が過ぎ、十三時半から昼休憩に入る。

いつもの社員食堂で醤油ラーメンをのせたトレーを持ち、どこに座ろうかと見回して浅見の背中を見つけた。

「浅見さん、おつかれさまです」

「おつかれ……」

スマホ片手にカレーライスを食べていた浅見だったが、和葉が隣に座るとスプーンを置いて席を立とうとする。

「まだ少し残っていますよ?」

かけた。

今日は浅見と別チームだが、彼のチームに入っていた同期を三十分前に駐機場で見かけた。

休憩と違って昼休みはチーム全員が一斉に入る。ということは浅見の休憩時間は三十分以上残っているはずだ。

立ち上がった彼の腕を掴んで眉根を寄せた。

「私のこと、避けてます？」

そういえば、一昨日もだ。同じチームだったのに、コンビニで弁当を買ったと言われて一緒に食堂に行かなかった。その時は気にしなかったけど、彼の嘘に気づいたら、嫌でも避けられているとわかる。

「気にするな」

「気にしますよ。もし私がなにかしたのなら言ってください。反省して改善します」

新人の頃は彼から仕事を教わり、それ以降は同僚として同期よりも親しくつき合ってきた。女性職員からの嫌みや妬みはスルーできても、浅見に嫌われたらショックで仕事が手につかなくなりそうだ。

和葉が手を離そうとしないので、諦めたように浅見が座り直した。真剣な目を向けると嘆息し、やっとわけを話してくれる。

「俺が嫌なんじゃない。一緒にいると五十嵐さんが嫌だろうと思って、ふたりにならないようにしていた」

思わぬ理由に目を瞬かせ、深刻な問題でなくてよかったと笑う。

「気を使いすぎです。五十嵐さんは嫉妬しません」

六日前に雨の駐機場で浅見に慰められ、和葉もひょっとしてと恋心を疑ったが、結局は妹のように思ってくれているだけだった。それはその場にいた五十嵐も聞いており、指導担当だった浅見と仲がいいことは前々から話してある。

すると浅見に呆れられた。

「男心をわかっていないな。四日前、遅番で休憩中だった俺のところに五十嵐さんが来たんだ」

「えっ？」

勤務終わりの五十嵐がわざわざ整備士の休憩室までやってきて、那覇空港で売っている土産用の菓子折りを浅見に手渡したという。

『妻の地元の名菓、ちんすこうです。日頃、妻がお世話になっているのでどうぞ。今後とも職場のよき先輩として妻をよろしくお願いします』

そんなことがあったとは少しも知らず驚いた。

「妻？　五十嵐さんがそう言ったんですか？　期限後も婚約を継続することにしたんですけど、結婚はまだしばらく先なのに……」

「五十嵐さん的には実質、妻ということなんじゃないか？」

三回も妻と呼び、『職場のよき先輩として』という部分を強調して言ったらしい。

牽制ともとれる行動の理由を考え、首を傾げた。

「嫉妬、ですか？」

「それ以外にない。俺の妻に手を出すなと、笑顔で菓子折りを持ってこられたら怖いだろ」

奪われる可能性を考えるほど、五十嵐の目にはいい女に映っているのだろうか。

妬いてくれるのは嬉しいが、ただの後輩としてしか見ていない浅見に失礼だ。

「す、すみません。五十嵐さんがなにかを誤解しているようで。浅見さんが私を女だと思っていないこと、帰ったら強めに言っておきますので」

顔の前で両手を合わせて謝ると、浅見が真顔で黙った。

不愉快そうにも見えたので怒らせたのかと心配すると、深いため息が返ってきた。

「ほんと、男心のわからないやつだ」

「ん？」

「もういいよ。俺は仕事が一番だし、金城と気まずい関係になりたくない。今までもこれからも」

「は、はい。私も同じです」

「今後のために五十嵐さんに聞いておいて。昼休みに隣で飯を食うのはアリかナシか。また、ちんすこうを持ってこられても困るんだよ」

自分の発言に吹き出した浅見の顔は、なにかを吹っ切ったようにさっぱりとしていた。

よくわからないが許してくれたようで、和葉も安心して一緒に笑う。

カレーライスの残りを食べ終えて浅見が仕事に戻り、和葉は伸びたラーメンをすすった。

ちんすこうで思い出したのは、家族の顔だ。

先月の帰省では五十嵐が勝手に挨拶に来るから、別れた時にどうやって家族に説明すればいいのかと頭を悩ませた。

がっかりさせるという心配がなくなったので、今後は実家から電話がかかってきても気楽に彼の話ができそうだ。

（五十嵐さんのお母さんのところへも挨拶に行きたい。ちょっと緊張する）

早いうちにと相談しているが、ふたりの休みのスケジュールがなかなか合わないため休暇を申請して来月以降になりそうだ。

（まさか私が結婚するなんて）

左手の薬指を見つめる。

仕事中なので指輪はつけていないが、くすぐったい気持ちになる。

今朝のベッドの中にいた彼を思い浮かべ、愛しさを抱きしめていた。

それからひと月ほどが経ち、年始の雰囲気が残る寒い日に五十嵐の母親に会いに行く。

車で一時間ほどかけて、千葉《ちば》県の海沿いの町までやってきた。

住宅街の中の車線のない道路を高台に向けてゆっくりと上っていく。

運転するのは彼で、黒いコートの下はカジュアルなセーターを着ているが、和葉は上品なシルエットのワンピース姿だ。

気難しい母ではないから服装はなんでもいいと彼は言ったが、第一印象がいいに越したことはなく、なにを着ていくかにかなり迷った。

就活時に着たリクルートスーツを抜かすと普段着しか持っていなかったからだ。

クローゼットの前で二時間ほど腕組みしていると、見かねた彼にこう言われた。

『まだ悩んでいるのか？　和葉らしい恰好でいいと言っているだろ』

『私らしいって、カバーオール？』

『いいんじゃないか』

『返事が適当すぎです。こっちは真剣なんですけど』

頬を膨らませて抗議した結果、『いいと思う服を買ってこい』と、気前よくクレジットカードを渡してくれたのだ。

服装は解決し美容院で髪も整え、準備は万端のはずなのに緊張は強まるばかり。

「もうすぐ着くが、大丈夫か？」

無言の和葉をチラッと見た彼が心配してくれる。

「私、大丈夫ですか……？」

「こっちが聞いたんだが。結婚したい女性を連れていくと言ったら、母は喜んでいたぞ。なにも心配いらない」

「私がどういう人間かも話してあります？」

「ああ。航空機バカの整備士で、ジャンク部品収集に給料をつぎ込む生意気な可愛いやつだと言っておいた」

「整備士と可愛い以外、いらない情報！」

本当はどんな風に伝えたのかわからないが、いつもの調子で言い合いをしているうちにいくらか気が楽になっていた。

「着いたぞ」

彼の実家は高台の緩やかな斜面に立っていた。

十二戸が入った二階建てのマンションで、ライムグリーンの外壁が可愛らしい。

実家とはいっても彼がここに住んだことはないそうだ。

子供の頃に住んでいたアパートは古いので取り壊しとなり、今はない。

彼が就職し立ての頃、東京で一緒に暮らさないかと母親を誘ったが、親戚や友人がこの町に多くいるので離れがたく、なにより長男の眠る墓地の近くにいたいからと断られたと聞いた。

それで新築だったこのマンションを彼が母親に買ってあげたという。

玄関横のインターホンを鳴らすと待ちわびていたかのようにドアが開き、彼の母親が笑顔で迎えてくれた。

「和葉さんね。いらっしゃい」

年齢は七十近いと聞いている。ほっそりとした美人で、染めていない自然のままのショートヘアで眼鏡をかけていた。目元が彼によく似ている。

歓迎してくれる気持ちは笑顔から伝わったが、一瞬にしてぶり返した緊張でカチカチになりながら、何度もシミュレーションしてきた挨拶文を口にする。

「初めまして、金城和葉と申します。五十嵐さんとおつき合いを——あ、違った。け、け、け」

「毛？」

『慧さんとおつき合いさせていただいております』と言うつもりだったのだが、慣れない呼び方を恥ずかしく感じた途端、口が回らなくなってしまった。

目を瞬かせている母親に、彼が嘆息しながら説明する。

「かなり緊張しているんだ。職場では上司に盾突くほど強気なんだが」

（バラさないで！）

「毛ってなんだよ。四か月以上も一緒に暮らしておきながら、まさか俺の名前を覚えていないのか？　そんなことではライン確認責任者の資格は取れないぞ」

仕事で欲しい資格はたくさんあるが、今目指しているのはライン確認責任者だ。

それがあれば浅見のようにチームリーダーになれる。

パイロットに機体の状態と整備について説明し、フライトログブックに自分の名前をサインできるのだ。

和葉にその資格は無理だと言われると、ムッとする。

「ちゃんと覚えていました。普段は五十嵐さんと呼んでいるから恥ずかしかっただけです。慧さん、慧さん、慧さん。ほら、もう慣れました。これからはそう呼びますし、慧さんが機長になるより先にライン確認責任者の資格を取ってみせます」

菓子折りの紙袋を持った手でガッツポーズを取ると、してやったりと言いたげに慧の口角が上がった。

「単純ですぐにムキになり、まっすぐ。こういうやつなんだ。母さん、よろしくな」

(しまった……!)

できのいいお嬢さんと思われたかったのに、彼の策にまんまとはまって素顔を見せてしまった。

焦る和葉を見て吹き出したのは母親だ。

「長年夫婦をやっているみたいに息がぴったりね。ふたりの楽しい生活を垣間見た気分よ。慧のお相手が和葉さんでよかったわ。さあ、入って」

できのいい嫁を望んでいるわけではないようだ。

気に入ってもらえたのを感じてホッとして隣を見ると、目を細めた彼にポンと頭を叩かれた。

くすぐったい気持ちで微笑み合う。

「おじゃまします」

十二畳ほどの広さのリビングに通されると、南西からの日が心地よく差し込んでいた。

ふたり掛けのソファを勧められ、慧と並んで座る。

「海が見えるんですね」

高台なので、リビングの窓からは閑静な街並みとその奥に広がる海が見えた。

「眺めだけはいいのよ」

花柄のカップに紅茶を淹《い》れた母親が、地元の洋菓子店のものだというチーズケーキと一緒に出してくれた。

絨毯《じゅうたん》の上の座布団に座った母親に彼が言う。

「ここは坂道がきつい。心臓に負担がかかるから、平地に引っ越したらどうだ？」

「このくらい大丈夫よ。慧は心配性ね。そうそう、心臓といえば来週、入院するから書類にサインをお願い」

「えっ、入院⁉」

元気そうに見えるがそんなに病状が悪いのかと和葉は驚いたが、母親はなんてことないような顔をしている。

「私は生まれつき心機能が弱いの。入院といっても検査入院よ。心配いらないわ」

「通院での検査データが悪かったせいで、精密検査になったんだろ？」

「もう年だもの。数値が悪くなるのは当然なのよ」

「母さんはいつも平気なふりをする。東京に引っ越してくれたら少しは安心できるんだが」

息子の心配に肩をすくめた母親が話題を変える。

「そうそう、和葉さんに見せたいと思ってアルバムを出しておいたの。慧の子供の頃の写真、よかったら見てくれない？」

「ぜひ見せてください！」

彼の嫌そうな顔には気づかないふりをして母親の隣に並んで座り、重みのあるアルバムを絨毯の上で開く。

「これが生まれてひと月経った慧。隣にいるのが兄の翔。七歳の頃ね」

「わぁ、可愛い！」

柔らかそうなプクプクした頬はつつきたくなる。

ベビーベッドの中で無垢な目を兄に向け、小さな手で指をぎゅっと握っていた。

兄は可愛くてたまらないと言いたげな顔で弟を見つめている。

幸せが凝縮されたような素敵な写真だった。

一歳、二歳、三歳と年齢が上がるとやんちゃぶりが見てとれる。

たたんだ洗濯物の上にダイブしている写真や、大きな木の枝を引きずって歩く写真。

公園に落ちていた枝を持って帰ると言って聞かなかったそうだ。

オムライスに自分でケチャップをかけたら勢いが強すぎて、兄の服や壁に派手に飛び散っている写真には笑った。

兄弟揃って写っているものが多く、兄の面倒見のよさが伝わってきた。

（お兄さんが優しいから慧さんは、遠慮なく駄々もこねるし、やんちゃでいられたんだ。仲のいい兄弟、素敵だな）

和葉にも兄がふたりいるが、あまり遊んでもらった記憶がない。

親に言われて仕方なく幼い和葉を公園に連れていっても、ふたりだけで遊んで、妹を忘れて帰宅するような兄たちである。慧の兄が羨ましい。

「うちにはまともな写真がない」

幼い頃の失態をさらされた慧が文句を言い、母親が笑って言い返す。

「お母さんは記念写真よりこういう日常の写真が好きよ。大変だけど楽しかった子育てを思い出せるから。それに、まともな写真もちゃんとあるのよ。ほら」

次のページをめくると、空港内で撮られた写真だった。展望デッキで兄弟が、カメラの方を向いて並んで立っている。

「これ、羽田の第二ターミナルですよね」

今と少し違うが、背景の誘導路と滑走路、海の位置関係を見て判断した。

「さすが羽田の航空整備士さんね。その通りよ」

母親が懐かしそうに目を細め、当時について話してくれる。

「慧が毎日のように飛行機に乗りたいと言ってね。旅行する余裕がなかったから空港に見に行っただけなの。慧は電車や重機のおもちゃより、飛行機が好きだったわ」

近くから見せれば満足すると思ったそうだが、この写真のあとには『絶対に乗るー！』と寝転がって泣かれたそうだ。

（えっ……？）

寝室で兄の写真を見せてもらった時を振り返る。

『兄の代わりに飛んでいるだけだ』

自分を卑下するように彼はそう言った。

彼にとってその動機は不純なのか、パイロットの資質に欠けているとでも言いたげな様子で、これまでのパイロット人生での葛藤や苦しみが感じられた。

『同じ空を飛んでいても、俺だけ景色がくすんで見えているんだろう』

あの時、寂しげに言われたことが頭から離れなかった。

操縦を楽しめないのは兄の代わりだという意識が原因だろうと考えたが、解決方法を思いつけず、なにをしてあげたらいいのか和葉も悩んでいる。

(飛行機に興味がないのかと思っていたけど、子供の頃は好きだったんだ)

解決方法を見つけられる気がして、心に霧のように期待が立ち込める。

母親は次のページをめくろうとしていたが、それを止めて身を乗り出すように問う。

「飛行機が好きだったのは、お兄さんじゃなくて慧さんだったんですか?」

「そうよ。この時はね。しかもただ乗るだけじゃなくて、操縦がしたいというわがままぶりだったわ。パイロットしか操縦できないと教えたら、今すぐにパイロットになるって言うのよ。そうしたら翔が――」

『慧は小さいからすぐにパイロットにはなれないけど、兄ちゃんなら何年かしたらなれる。慧を乗せて飛んでやるから、少し待ってな』

兄にそう言われてやっと泣きやんだ慧は、嬉しそうに指切りで約束したそうだ。

先ほどよりも期待はしっかりと形になって広がり、鼓動が速度を上げていく。

「お兄さんがパイロットを目指したのは、慧さんのためなんですか？」

「あの時の慧との約束を守るためだけじゃないと思うけど、そうね。翔の夢のきっかけを作ったのは間違いなく慧よ。最初にパイロットになると言ったのは慧だから」

ソファに振り向くと、彼が目を見開いていた。

どうやら初めて聞く話だったらしい。

「慧さん、この写真の日のこと覚えていますか？」

「いや、思い出せない」

三歳なら記憶に残らなくても仕方ないが、がっかりしてしまう。

「だが、指切りした記憶は微かにある。嬉しかったような気もする」

もっと思い出そうとしているのか、彼は片手で額を押さえて難しい顔をする。

息子の様子を不思議そうに見た母親が、説明を求めるように和葉に視線を向けた。

「あ、えーと、慧さんは自分がパイロットになりたかった時があったと知って驚いているんだと思います。お兄さんの代わりに飛んでいるだけだと言っていましたので……」

その頃の気持ちを思い出せるなら、今後、彼が飛ぶ空が違って見えるのではないかと期待した。

「翔の代わり？」

母親にも初めて知る事実があったようで、申し訳なさそうな、少し怒っているような、そんな声で息子に言う。

「入院中の私が、翔の夢が叶わなかったと嘆いたせいよね。ごめんなさい。慧の優しさは嬉しいけど、翔の代わりをしてほしいなんて、お母さんは少しも思っていないわ。そんなことをされても胸が痛いだけ。もしパイロットが苦痛なら、辞めていいのよ。慧の人生はあなた自身のもの。お願いだから自分が納得する生き方をして」

彼が兄の夢を継いだのは、持病を抱える母を元気づけるためだった。

しかしその優しさが母を傷つけたようで、人生を考え直すように言われた彼は困ったように目を逸らした。

「考えておく……」

（パイロットを辞めてしまうの？）

母親のために、苦しくても飛び続けなければならない。そんな彼の境遇をこれまでは気の毒に思っていたが、今は辞めないでほしいという気持ちが膨らんでいた。

（だって子供の頃はパイロットになりたがっていたんだもの）

口を挟むべきか迷っていると、彼の母に話題を変えられてしまう。

「せっかく和葉さんが来てくれたのに、変な空気にしてごめんなさいね。紅茶が冷めてしまったから淹れ直してくるわ。ケーキを食べて。このお店、行列ができるほど美味しいのよ」

そこから先は他愛ない話をし、一時間ほどして慧の実家をあとにした。

車に乗って坂道を下る途中に彼が言う。

「寄り道していいか？」

「はい」

下り切る前に横道に折れて、少し進むと神社が見えた。その駐車場でエンジンを止めた彼が、どことなくぼんやりとした顔で理由を口にする。

「初詣、まだだったから」

年末年始は空港の利用客が多く増便されるため、航空関係者はいつもより忙しい。

航空整備士になってから、初詣の時期に神社に参拝したことはない。

車を降りて朱塗りの鳥居をくぐり、階段をゆっくりと上る。

境内に着くとそれほど大きくない社が構えていて、その隣には社務所もあった。

他に参拝客はなく、社務所の横の神札やお守りの販売所も閉まっていた。

手水舎で手を清めてから、並んで参拝する。

（慧さんがパイロットを辞めませんように）

両手を合わせて真剣に祈る。

和葉が顔を上げても彼はしばらく目を閉じていて、その端整な横顔に迷いが感じられた。

（祈りに来たんじゃなく、考えに来たのかも。パイロットを続ける理由がなくなって、これからどうしようかと……）

彼が結論を出すのを待てずに腕を掴んだ。

「辞めないでください。もしなにか理由がないと続けられないのなら、私のために飛んでください。夫がパイロットの方がみんなに羨ましがられていいじゃないですか」

必死に説得する和葉に彼は驚いたように眉を上げ、そのあとにフッと笑った。

「嘘が下手だな。最初は俺に少しの興味もなかったくせに」

「うっ、でも辞めてほしくないのは本当です。操縦桿を握る慧さんを尊敬しています。年末に御子柴キャプテンと少しお話ししたんですけど――」

御子柴が乗務する便を整備していた忙しい時に声をかけられた。

『やあ、五十嵐の奥さん。どうだい、うまくいってる?』

『あ、はい。エンジンに異常はありません』

『違うよ。五十嵐と君のこと。今月の頭に、俺と組んだ便でダイバードした時があったたろ。あのあとから機嫌がいいんだよ、あいつは。勉強にも熱が入ってさ。結婚の日取りでも決まった?』

(鋭い……)

結婚の日取りではないが、和葉との関係で大きな変化があったのはその通りだ。

美玲と一夜を過ごしているのではないかと泣いた翌日、ダイバードで帰宅できなかったのだと知り、その結果お互いの気持ちを確認できた。

だからといって慧の様子が変わったということはないのだが、長いつき合いの御子柴の目には張り切っているように映るらしい。

『あの時、ダイバード先の空港も悪天候で大変だったんだよ。ランディングを五十嵐に任せようとしたら最初は嫌がってさ。自信がないのかと聞いたら、あいつがなんて言ったと思う?』

『わ、わかりません』

『「あります。あるのが少々不安だったのですが、過信ではないようなので安心しました」だとよ。生意気だろ。本当に可愛くないやつだ』

言葉とは裏腹に御子柴の目尻にはたくさんの皺が寄っており、好意的に捉えているのが伝わってきた。

あの日は悪条件が重なり疲労が溜まるフライトだったそうだ。ダイバード先の空港でも機体が横揺れするほど風が強く、視界は百メートルという厳しさだ。

その環境で慧がパーフェクトな着陸を決めてみせたことも教えてくれた。

『あいつはコックピットクルーに向いているよ。あとはもう少しいい顔をして飛んでくれたらな。その辺は奥さんに頼む』

御子柴と話した内容を伝えると、慧がため息をついた。

「あの人はまた余計なことを」

「忙しい時だったので少しだけ迷惑だと思いましたけど、余計な話ではなかったです。私は飛んでいる最中の慧さんを見られないので、教えてくれて感謝しています」

視界百メートルとは、滑走路が見えたと思ったらタイヤが接地する感覚だろう。

つまり着陸間際まで滑走路が目視できないということだ。

乗客乗員二百名以上の命を預かっているのだから、怖くないはずがない。

その恐怖を意志の力でねじ伏せて冷静に状況を判断し、正確に操縦できる精神力の強さと優れた技術力に敬服する。

それほどの大変なランディングについて慧は少しも話してくれないから、御子柴から聞いた時は嬉しく思ったのだ。

「慧さんはパイロットに向いていると私も思います。お兄さんの夢を継いでパイロットになったんだとしても、実際にジャンボジェット機を飛ばしているのは慧さんです。フライトバッグにお兄さんの写真を入れていても、コックピットから空を見ているのは慧さんなんです。真摯にパイロットとして生きてきた人生を、『兄の代わりに飛んでいるだけだ』なんて言わないでください」

静かな境内に、必死に説得する和葉の声が響く。

祈りの場で大きな声を出すのはどうかと思うが、神様にも慧を止めてもらいたい気持ちだ。

真顔で聞いてくれていた彼が、一拍置いて口を開く。

「バカだな」

「なっ！　人が真剣に――」

「誰が辞めると言った」

「えっ？」

「辞めたら俺になにが残るだろうと考えていた。お前のような情熱はないが、すべてを捧げる覚悟で飛んできたつもりだ。コックピットクルーを辞めたら、おそらくなにも残らない。だからこれからは兄の代わりではなく、自分の希望で空を飛ぼうと思う」

優しく吹き抜ける冷たい風に、微かに潮の香りがする。

海側からの日差しを浴びる彼が眩しそうに目を細め、口角を上げた。

「慧さん……！」

嬉しさのあまり、涙がにじんで視界がぼやけ、両手を広げて飛びついた。

しっかりと受け止めてくれた彼の吐息が前髪にかかる。

「心配させてすまないな」

「このくらい当たり前です。すでに〝五十嵐ＦＯの奥さん〟という呼び名が浸透しているようですから」

おそらく御子柴がそう呼ぶせいだと思うが、パイロットの乗員室だけでなくＣＡのオフィスでも広まっているそうだ。

これで別れていたらと思うと恐ろしい。

「大丈夫です。今の慧さんならきっと、感動できる空と出会えます。ワクワクしてもっと飛びたいと思えるようになります。絶対に。私が保障します」

「頼もしいな。和葉、ありがとう」

お礼の言葉に頬を染めると、頭上から聞き慣れた音がした。

見上げた青空には、小さな機影が南東の方角へ飛んでいく。

(いいフライトでありますように)

習慣的に願いつつ、「どこ行き?」となにげなく呟いた。

ここからでは機種も航空会社も判別できない。行先の判断材料がひとつもないと思っていたのだが、彼がサラリと言う。

「ロサンゼルス」

「わかるんですか⁉」

「形状から見てB789だろ。国際線機材だ。時間と航路から考えて、アメリカンエース航空の成田発ロサンゼルス行きだとわかる」

「すごすぎ!」

「お前の勉強不足だろ」

口を尖らせると笑われて、額がコツンとあたった。

至近距離にきれいなダークブラウンの瞳があり、たちまち鼓動が速度を上げる。

今日は彼の気持ちがいい方へ変化した日だ。

神様ならそれに免じて、愛しさを行動に移しても許してくださるだろう。

見つめ合い、唇を重ねて、想いをひとつにする。

今後、彼が飛ぶ空も、心も、清々《すがすが》しく晴れますようにと祈っていた。

＊＊＊

忙しかった一月が終わろうかという頃、羽田空港の空には満月が輝いている。

濃紺のパイロットの制服姿の慧は駐機場にいて、ライトを片手に航空機のエンジンやランディングギアの離陸前点検をしていた。

今日の乗務は二十時五分発のホノルル便だ。

ライトを消して戻ろうとした時、和葉が駆け寄ってきた。

「コックピットのチェックも終わっていますから」

今日の彼女は遅番で二十二時まで仕事だが、この便を担当していたとは知らなかった。

数日顔を見られないと思っていたため、離陸前に会えて嬉しい。

長時間、寒空の下で作業していた和葉の鼻は赤い。

温めるつもりでつまむと、「いひゃい」と鼻声で文句を言われて笑った。

「誰かに見られたらどうするんですか」

イチャついているわけではないのに、人目を気にする和葉の視線は落ち着きがない。

「その文句は、見られて困ることをされてから言え」

ニッと口角を上げて彼女の顎をすくうと、焦り顔で飛びのかれた。

「職場ではダメです。我慢してください」

「頬についている煤を拭いてやろうとしただけだが。なにを我慢しろって?」

からかうと彼女はたちまち耳まで赤くなり、ムキになって反論してくる。

「わざと勘違いさせるようなことをして。慧さんは私にだけ意地悪ですよね。慌てさせて楽しいですか?」

「楽しいな」

「えっ、そこは否定してくださいよ」

「このフライトも、同じくらい楽しめるといいが……」

ライトエンジンの筐体《きょうたい》を撫でて月を見上げると、和葉に両手で強く手を握られた。

「ホノルル周辺も天候がいいそうです。きっと素敵なフライトになります」

まっすぐに強気な目を向けられると、根拠がなくても信じたくなる。

「そうだな。ありがとう。ところで――」

「どうかしました？」

「俺の手を握って放さないこの状況は、誰かに見られても平気なのか？」

「あ、しまった！　つい……」

慌てて手を離した和葉が愛しい。

「行ってくる」

「いってらっしゃい。まだ寒いので、帰ってきたらまたお鍋をしましょう」

「いいな。楽しみだ」

背を向けて片手を上げ、ターミナルの方へ引き返す。

帰りを待ってくれる人がいると思うと、鍋を食べる前から心が温まった。


定刻通りに離陸したホノルル便は、既定の航路に入ってから自動操縦に切り替え、安定した飛行を続けている。

ホノルル空港までは七時間弱かかり、到着は現地時間の八時十分を予定している。

六時半を回った太平洋上空はまだ真っ暗で、照明を抑えたキャビンでは乗客たちが眠っていることだろう。

この日もペアを組むのは御子柴で、チラッと隣を見ると静かに黒い窓の外を見つめていた。いつも煩わしいほど話しかけてくる上司が、このフライトでは最初からやけに寡黙だ。

少々心配になり、慧の方から声をかけた。

「体調が悪いのでしたら言ってください」

御子柴の視線がこちらに向いて、クッと笑われる。

「そうではなく、珍しく口数が少ないので」

「年寄り扱いか？」

「話しかける必要性がないからだよ」

御子柴に言わせると、いつもの面倒な絡みは慧のためなのだそう。すかした態度で辛気臭い表情をしているから、気を楽にさせてあげようという思いやりらしい。

過剰に緊張していては実力を発揮できない。そういう意味の配慮でペアを組んだ副操縦士全員に同じように接しているのだと思っていたが、「過剰に話しかけてやっていたのはお前だけだぞ」と言われて驚いた。

「今日のお前はいい顔しているからな。俺が構ってやらなくてもいいと思ったんだ。奥さんのおかげか？」

そこはやはり御子柴だ。一度話し始めるといつもの調子でからかってきて、和葉を想いながら飛んでいたのかと笑われた。

これまでは適当にはぐらかしていたが、今は嫌な気がしないので正直に認める。

「そうですね」

「いやに素直だな。雪が降るぞ」

「降りません。この前、実家に和葉を連れていったんです。その帰りに話したことを振り返っていました」

母から辞めていいと言われた時、頭が真っ白になった。

自分を思いやっての言葉だとわかっていても、今までの努力が無駄になった気がして心に穴が開いた。

その穴が広がってしまえばパイロットを続けられなかった可能性もあるが、そうなる前に塞《ふさ》いでくれたのは和葉だった。

『慧さんはパイロットに向いていると私も思います。お兄さんの夢を継いでパイロットになったんだとしても、実際にジャンボジェットを飛ばしているのは慧さんです。フライトバッグにお兄さんの写真を入れていても、コックピットから空を見ているのは慧さんなんです。真摯にパイロットとして生きてきた人生を、「兄の代わりに飛んでいるだけだ」なんて言わないでください』

必死な目をした彼女の説得に胸打たれた。

『これからは兄の代わりではなく、自分の希望で空を飛ぼうと思う』

気づけばそう口にしていて、この区切りを前向きに捉えることができたのだ。

あの日以降、兄の写真をフライトバッグに入れていない。

「へぇ、実家に連れていったのか。結婚秒読みだな。のろけ話、聞かせてみろよ」

ニヤニヤしている御子柴に真顔を向ける。

「兄の話でもいいですか？」

これまで亡き兄ついて同期にも教えたことがなかったが、和葉と同じように本気で心配してくれていた御子柴には話してもいい気がした。

「兄？　急に色気がないな。まぁいい。退屈しのぎに聞いてやる」

「ありがとうございます。ふたり兄弟で、七つ年上の兄は若くして亡くなっています。コックピットクルーを目指していたのですが――」

真っ暗だった海に淡い光が見える。

日の出が近いのだ。

到着までは一時間ほどあり、眼下に陸の影はない。

兄の代わりにパイロットになったが最近、心境の変化があったという話をしているうちに水平線の輝きが強まり、太陽が顔を出すと一気に新鮮な朝日がコックピット内に差し込んできた。

それを見た瞬間、幼い日の思い出が鮮やかに蘇った。

（そうだ、兄さんと早朝に公園へ行ったんだ）

あれは三歳の夏。空港に飛行機を見に行く少し前のことだ。

夏の日の出は早く、目覚めてしまった慧は隣で寝ている母を起こそうとした。

すると反対側で寝ていた兄に止められた。

『起きるの早いよ。母さんは仕事で疲れているから、もう少し寝かせてあげよう』

小学生の兄は夏休みに入っていて、慧の保育園の送迎をしたり遊んでくれたり、いつもよく面倒を見てくれた。

その時も慧につき合って早起きし、母の睡眠を邪魔しないように公園に連れ出してくれた。

ラジオ体操が始まるのは一時間も先なので、公園は貸し切り状態だ。

ブランコにすべり台、砂遊びに昆虫探し。兄の手を借りてジャングルジムのてっぺんまで初めて上り、見晴らしのよさにはしゃいだ記憶がある。

『お兄ちゃん、高いね。慧も上れたよ。すごい？』

『うん、すごい。でも、このくらいじゃまだまだ。手を離してみなよ。兄ちゃんが落ちないように支えてあげるから』

少し怖かったが兄を信じて手を離し、両手を横に開いてみる。

するとまるで空を飛んでいるかのようで、ワクワクと胸が高鳴った。

『飛行機みたい？』

『うん。家にあるラジコンみたいに飛べそうだ』

『本物の飛行機がいい。ビューンって。よーし、慧、飛んでみる』

『ちょっ、ダメ、危ないから！』

眩しい朝日と澄み渡る夏空。

兄の優しさに安心して甘えながら、いつか本当に空を飛びたいと願った。

コックピットに差し込む朝日に照らされながら幼い日を思い出すと、あの時と同じ、純粋な空への憧れが胸に翼を広げた。

「おい」

眉根を寄せた御子柴に、驚いたように声をかけられた。

話の途中で急に黙ったからかと思ったが、どうやら違うようだ。

「いや、いいんだが。フライト中にお前がそんな顔をするのを初めて見たからさ」

自分の表情に意識を向けると、薄く開いた口の端は上向きで、目を細め、声をあげてはいないが笑っていた。

子供の頃に憧れた空が目の前に広がっている。

夢を叶えた喜びで胸が熱かった。

「正気ですのでご心配なく。やんちゃだった昔を思い出していただけです。ジャングルジムのてっぺんから飛ぼうとして、兄を慌てさせました。兄との思い出がたくさんあります」

「へぇ、お前にもそんな可愛い頃があったのか。それにしても揃ってパイロットを目指すとは、仲がいい兄弟だな。戻ったらお兄さんの墓前に報告しに行けよ。初めて笑った記念すべき今日のフライトを。喜ぶぞ」

「はい。きれいな日の出ですね……」

コックピットからの景色を見られるのはパイロットの特権だ。

この目で見た感動を、和葉と兄に伝えたい。

笑みを浮かべ、胸を高鳴らせながら、これからも大空を飛び続けたいと心から思った。

＊＊＊

ホノルル便に乗務している慧が羽田に戻る日、和葉は第二ターミナルの展望デッキにいる。

（寒い。帽子とマフラーも持ってくればよかった）

結んでいない肩下までの黒髪が風に流される。

量販店で購入した青みがかったグレーのロングコートの下は、ハイネックのセーターと裏起毛のストレートパンツ。もちろん保温性のインナーも着用している。

それでも体を震わせて、コートのポケットに忍ばせている使い捨てカイロを握りしめた。

目の前の柵の向こうに見えるのは、C滑走路だ。

（もうすぐだと思うんだけど）

昨年から第二ターミナルで国際線も就航するようになり、スカイエアライズのホノルル便は第三ターミナルからこちらに移動した。

時刻は十五時四十分。今は比較的、滑走路が混んでいない時間帯なので、第二ターミナルから一番近いC滑走路への着陸を指示されるだろうと予想した。

それで慧のランディングを見ようとここで待っている。

今日は休みなので自宅で待っていればいいのだが、ウズウズして空港まで来てしまった。

（あのメッセージがすごく気になる）

昨夜遅く、ＳＮＳアプリに届いた慧からのメッセージを、今朝八時過ぎに起きてから確認した。

【和葉の言った通りだった】

どういう意味かと問い返したが返事がなく、とっくに復路便で飛び立ったあとなので携帯を見られないことに気づいた。

ホノルルまでの航路は冬になると偏西風の影響が強まるため、往路が七時間弱なのに対し、復路は九時間強もかかるのだ。

（私が言った通りってなんだろう。わざわざメッセージを送ってくるくらいだから、ものすごく伝えたいことがあるんだと思うけど）

普段はマメにメッセージを送り合ったりしないから、余計に気になる。

もしかしてと期待して、鼓動が二割増しで高まっていた。

『今の慧さんならきっと、感動できる空と出会えます。ワクワクしてもっと飛びたいと思えるようになります。絶対に』

彼の実家近くの神社で話した、あの時の言葉だ。

到着予定の十五時五十五分まであと少し。

滑走路から一機が飛び立って五分ほどして、薄雲のかかる南東の空に機影が見えた。

やや強い北風を受けてまっすぐに向かってくる機体の垂直尾翼に、スカイエアラインズのロゴマークが確認できた。

(来た!)

横風なのでおそらく着陸は手動だろう。

ペアを組んでいるのは後輩に積極的に操縦を任せる御子柴だから、操縦桿を握っているのは慧だと思われる。

(緊張する)

思えば彼のランディングをしっかりと見るのは初めてだ。

心配しているのではなく、期待とワクワク感で鼓動が高まり、寒さを忘れて冷たい柵を握りしめた。

横風に機体が揺れてもすぐに修正され、スムーズにタイヤが接地する。

滑走路を悠々と走る機体に余裕を感じ、思わず拍手した。

（惚れ惚れするようなランディング。さすが慧さんだ）

ターミナルの方へとゆっくり誘導路を進み、スポットに入るまでを見届けると、急に寒さを思い出して体を震わせた。

逃げるように屋内に退避してホッと息をつき、携帯を出す。

【ランディングお見事でした。一緒に帰れますか？　空港にいますので退勤したら連絡ください】

慧にメッセージを送ってから、のんびりと歩きだす。

ターミナル内のテナントを眺めてブラブラと進みつつ、エスカレーターで一階まで下りた。

彼が仕事を終えるまでは早くても一時間ほどかかるだろう。

それまでどこかの店内で、カフェオレでも飲みながら待つことにする。

足を止めたのは到着ロビーに近いカフェだ。ここは三か月ほど前に、テイクアウトのサンドイッチを慧にご馳走してもらった店である。

今日も店先のメニューの立て看板を見て、まずは懐具合と相談した。

（カフェオレ五百五十円は高いと思うけど、今日はサンドイッチを頼まないから、まぁいいか）

店の入り口に顔を向けると、視界の端に足早にこちらに向かってくる人影が映った。なにげなく振り向いて驚く。

キャスターつきのバッグを引いて制帽をかぶった慧が、五メートルほど先にいた。その後ろには御子柴と美玲、他のCAも数人いる。

ホノルル便のクルーたちがたった今降機して、揃ってオフィスに戻るところのようだ。

皆が和葉に気づいているようなので姿勢を正して会釈すると、美玲が笑顔で手を振ってくれた。

慧をめぐって対立したことがあったけれど、彼女は今も優しく接してくれる。

御子柴は額の横で揃えた指を宙に投げ、ウインクを返してくれた。

会うたびにどんどん親しげになっていく御子柴には毎回、戸惑う。

クルーの一行はすぐに通路を折れて出口へと去っていき、慧だけが和葉の前で足を止めた。

「おかえりなさい。メッセージ送ったんですけど見ました？」

「ああ、つい先ほど。休みなのに、わざわざ迎えに来てくれたのか？」

「はい。慧さんからの送信が気になったので。その話の前に、乗員室に戻らなくていいんですか？」

機長とブリーフィングがあるはずだと思って聞くと、和葉に気づいた直後に御子柴から『今日はやらない』と言われたそうだ。

反省点はなしという理由なのだそうだが、慧と和葉が話す時間を作ってくれたような気がした。

カフェの前から離れ、到着ロビー内の往来の邪魔にならない端に寄って向かい合い、ウズウズしていた気持ちを早速ぶつける。

「あのメッセージはどういう意味ですか？　もう少し具体的に書いてくれないと、気になって落ち着きません」

「それで家で待てずに空港まで来たのか。俺のことばかり考えさせて悪かった」

ニッとつり上がった口角を見る限り、少しも悪いと思っていなそうだ。

むしろしてやったりと言いたげなので、口を尖らせて文句を言う。

「もったいぶらずに早く教えてください。だいたい予想はついているんですけど。いいフライトだったんですよね？」

期待で鼓動を高まらせて返事を待つと、慧が目を細めて頷いた。

「コックピットから日の出を見ていると、幼い日を思い出したんだ」

ジャングルジムのてっぺんで飛行機の真似をして両手を広げ、いつか本当に空を飛びたいと願った当時の気持ちが蘇ったそうだ。

そうすると、これまではなにも感じなかったコックピットからの日の出が心にしみて、一生忘れられない景色になったという。

話してくれる慧は、清々しい笑みを浮かべていた。

長年抱えていた悩みからやっと解放されたためだろう。

(ついにこの日が来たんだ……!)

彼の悩みを知ってから、どうにかならないかと一緒に苦しんできたので、和葉の胸にも喜びが押し寄せる。

「飛ぶのは楽しいですか?」

嬉し涙がにじむ目に彼を映して確認する。

「ああ。まだ日の出の余韻で胸が高鳴っている。コックピットクルーになってよかった。この先も限界が来るまで、空を飛び続けたい」

「慧さん……」

「泣くな。喜べ」

「嬉しいから涙が出るんです」

親指の腹で涙を拭ってくれた彼と見つめ合う。

「和葉のおかげだ。ありがとう」

お礼の言葉は照れくさく、凛々しい制服姿には胸が高鳴る。

頬を染めてもじもじしていると、彼の目に蠱惑的な光が灯った。

夜中にベッドで見るなら、こちらも遠慮なく胸をときめかせられるのだが、ここは到着ロビーだ。周囲には大勢の人がいる。

「パイロットだ」

横を通り過ぎた女性ふたり組の声が聞こえ、端によけていても制服姿だと人目に留まることに気づいた。

色気を醸す彼が攻めてくる前にと、急いで手のひらを向ける。

「ストップです。コンプラを意識してください」

「出迎えのパートナーとのハグやキスは、日常的に目にしてきたが」

「アメリカで勤務していた時の話ですよね？　ここは日本ですよ」

仕方ないと言いたげに色気を消した彼が、フライトバッグのファスナーを開けてなにかを取り出した。

ふたつ折りにされた薄い紙が入っているクリアファイルだ。

差し出されたので受け取り、なんだろうと軽い気持ちで紙を広げてみると――。

「婚姻届⁉」

しかも彼のサインだけでなく、証人欄に御子柴と美玲の記名もある。

『いつまでダラダラと同棲しているんだ。早く身を固めろよ』

機体をスポットに入れてエンジンを停止させたあとに、御子柴がそう言ってこれを渡してきたそうだ。

報告のためにコックピットに入ってきた美玲にその現場を見られ、ぜひと彼女に言われて証人欄にサインをもらったらしい。

「美玲さんまで結婚を後押ししてくれるなんて……」

失恋しても応援してくれる彼女の強さと優しさに、改めて心が温まる。

「お前のサインもしておいてくれ。帰りに役所に寄って提出しよう」

「えっ、今日？　あの、御子柴キャプテンに言われたから出すのはちょっと……」

結婚への意志は揺るぎないが、日付は自分たちで選びたい。

「御子柴キャプテンに渡されなくても、俺もそうしようと思っていた。今回のフライトを忘れたくないから入籍日と合わせたい。だが、和葉が嫌なら別の日にする」

「いえ、そういうことでしたら今日にしましょう」

今後、結婚記念日を迎えるたびに彼が、飛びたいという純粋な気持ちを思い出せるのは素敵だ。

（そっか。私は今日から人妻になるんだ）

くすぐったい喜びを味わいながら婚姻届をクリアファイルに戻していると、慧の制帽が足元に落ちた。

「あっ、大事な帽子が」

意外とおっちょこちょいなところもあると思ってしゃがみ、拾ってあげようとすると、先に伸びた慧の手にサッと奪われた。

（私に帽子を触られたくないってこと？）

ムッとして顔を上げた次の瞬間、制帽で隠すようにして不意打ちのキスをもらう。

すぐに唇は離され、腰を伸ばした彼が帽子をかぶり直してニッと口角を上げた。

ハッとした和葉は真っ赤な顔で慌てて周囲を見回す。

（目が合う人はいない。誰にも見られていないよね……？）

「報告書を書いて仕事を終わらせてくる。俺を待っている間、そうやって恥ずかしがっていれば退屈しないだろ」

ひとりだけ余裕のある顔をした彼が、バッグを手に背を向けた。

（そんな暇つぶしはいらないよ）

「意地悪！」

自動ドアへ向かう背中に文句をぶつけると、顔だけ振り向いた彼が素敵に微笑む。

「それでも俺が好きなんだろ？」

「うっ……」

「愛してるよ、和葉」

間もなく妻となる女性の鼓動を限界まで高まらせておきながら、足取り軽く去っていく彼はやはり意地悪だ。

（悔しいけど、私も愛してる。この想いは航空機以上かも）

膨らませた頬の空気が抜けていく。

これからも彼が安心して空を楽しめるよう、航空整備士としても妻としても、全力で支えていこうと心に誓った。

END

あとがき

この文庫をお手に取ってくださいました皆様に厚くお礼申し上げます。

私の自宅は空港から割と近い距離にありまして、よく頭上を飛行機が飛んでいます。

どんな人が操縦しているのだろうと想像し、うちの三歳児と一緒に手を振って……いいえ、手を振らせて見送っています。

息子の将来はパイロットにと少しだけ期待した私ですが、残念ながらうちの子は飛行機よりアンパンマンです。

対して私はドラマや動画で資料集めをしているうちに、すっかり航空業界ファンになりました。

この物語は実際と違う点が多々あると思いますが、皆様にも航空業界のかっこよさが伝わったらとても嬉しいです。

パイロットものを書いたのは初めてで、空港でのシーンをたくさん作りたかったので、ヒロインを整備士にしました。

飛行機愛が強すぎる和葉に憧れる五十嵐の気持ちに共感しています。

大好きなことを仕事にできるのは幸せですよね。趣味だった頃は好きだったはずなのに、仕事にしてしまうとその気持ちがわからなくなることもあると思います。情熱をずっと失わない和葉が羨ましいです。

五十嵐についてですが、プロットの段階では俺様度がもう少し高くて和葉を女避けにする気が満々でした。

書いているうちにひどい男だと思って、性格を修正しました。

誠実さと意地悪を共存させるのが難しかったのですが、なんとかなったように思います。皆様のお目に彼が素敵に映ることを祈っています。

最後になりましたが、文庫化にご尽力いただいた関係者様、書店様に深くお礼申し上げます。

表紙を描いてくださった南国ばなな様、パイロットの制服姿の五十嵐が眼福です。素晴らしい表紙絵をありがとうございました。

文庫読者様、ウェブサイト読者様には、平身低頭で感謝を！

またいつか、ベリーズ文庫で、皆様にお会いできますように。

藍里《あいさと》まめ

藍里まめ先生への
ファンレターのあて先

〒104-0031
東京都中央区京橋1-3-1
八重洲口大栄ビル7F
スターツ出版株式会社　書籍編集部　気付

藍里まめ先生

本書へのご意見をお聞かせください

お買い上げいただき、ありがとうございます。
今後の編集の参考にさせていただきますので、
アンケートにお答えいただければ幸いです。

下記URLまたは二次元コードから
アンケートページへお入りください。
https://www.ozmall.co.jp/enquete/IndexTalkappi.aspx?id=2301

ベリーズ文庫

100日婚約なのに、
俺様パイロットに容赦なく激愛されています

2024年6月10日　初版第1刷発行

著　者　藍里まめ
©Mame Aisato 2024

発行人　菊地修一

デザイン　カバー　ナルティス
フォーマット　hive & co.,ltd.

校　正　株式会社 文字工房燦光

発行所　スターツ出版株式会社
〒104-0031
東京都中央区京橋1-3-1　八重洲口大栄ビル7F
TEL　03-6202-0386（出版マーケティンググループ）
TEL　050-5538-5679（書店様向けご注文専用ダイヤル）
URL　https://starts-pub.jp/

印刷所　大日本印刷株式会社

Printed in Japan

乱丁・落丁などの不良品はお取替えいたします。
上記出版マーケティンググループまでお問い合わせください。
定価はカバーに記載されています。

ISBN 978-4-8137-1594-8　C0193

ベリーズ文庫 2024年6月発売

『御曹司と再会したら、愛され双子ママになりまして～身を引いたのに一途に迫られています～【極甘婚シリーズ】』皐《さ》月《つき》なおみ・著

双子のシングルマザー・有紗は仕事と育児に奔走中。あるとき職場が大企業に買収される。しかしそこの副社長・龍之介は2年前に別れを告げた双子の父親で…。「君への想いは消えなかった」──ある理由から身を引いたはずが再会した途端、龍之介の溺愛は止まらない！　溢れんばかりの一途愛に双子ごと包まれ…！

ISBN 978-4-8137-1591-7／定価781円（本体710円＋税10%）

『鉄仮面CEOの溺愛は待ったなし！～"妻業"始めたはずが、旦那様が甘やかし過剰です～』にしのムラサキ・著

世界的企業で社長秘書を務める心春は、社長である玲司を心から尊敬している。そんなある日なぜか彼から突然求婚される！　形だけの夫婦でプライベートも任せてもらえたのだ！と思っていたけれど、ひたすら甘やかされる新婚生活が始まって!?　「愛おしくて苦しくなる」冷徹社長の溺愛にタジタジです…！

ISBN 978-4-8137-1592-4／定価792円（本体720円＋税10%）

『望まれない花嫁に愛満ちる初恋婚～財閥御曹司は想い続けた令嬢をもう離さない～』吉澤《よしざわ》紗矢《さや》・著

幼い頃に母親を亡くした美紅。母の実家に引き取られたが歓迎されず、肩身の狭い思いをして暮らしてきた。借りた学費を返すため使用人として働かされていたある日、旧財閥一族である京極家の後継者・史輝の花嫁に指名され…!?　実は史輝は美紅の初恋の相手。周囲の反対に遭いながらも良き妻であろうと奮闘する美紅を、史輝は深い愛で包み守ってくれて…。

ISBN 978-4-8137-1593-1／定価781円（本体710円＋税10%）

『100日婚約なのに、俺様パイロットに容赦なく激愛されています』藍里《あいさと》まめ・著

航空整備士の和葉は仕事帰り、容姿端麗でミステリアスな男性・慧に出会う。後日、彼が自社の新パイロットと発覚！エリートで俺様な彼に和葉は心乱されていく。そんな中、とある事情から彼の期間限定の婚約者になることに!?　次第に熱を帯びていく彼の瞳に捕らえられ、和葉は胸の高鳴りを抑えられず…！

ISBN 978-4-8137-1594-8／定価803円（本体730円＋税10%）

『愛を秘めた外交官とのお見合い婚は甘くて熱くて焦れったい』Yabe・著

小料理屋で働く小春は常連客の息子で外交官の千隼に恋をしていた。ひょんなことから彼との縁談が持ち上がり二人は結婚。しかし彼は「妻」の存在を必要としていただけと聞く…。複雑な気持ちのままベルギーでの新婚生活が始まると、なぜか千隼がどんどん甘くなって!?　その溺愛に小春はもう息もつけず…！

ISBN 978-4-8137-1595-5／定価770円（本体700円＋税10%）

ベリーズ文庫 2024年7月発売予定

Now Printing

『欲しいのは、君だけ　エリート外交官はいつわりの妻を離さない』佐倉伊織《さくらいおり》・著

都心から離れたオーベルジュで働く一華。そこで客として出会った外交官・神木から3ヶ月限定の"妻役"を依頼される。ある政治家令嬢との交際を断るためだと言う神木。彼に惹かれていた一華は失恋に落ち込みつつも引き受ける。夫婦を装い一緒に暮らし始めると、甘く守られる日々に想いは膨らむばかり。一方、神木も密かに独占欲を募らせ溺愛が加速して…⁉

ISBN 978-4-8137-1604-4／予価748円（本体680円＋税10%）

Now Printing

『タイトル未定（パイロット×お見合い婚）』田崎《たさき》くるみ・著

呉服屋の令嬢・桜花はある日若き敏腕パイロット・大翔とのお見合いに連れて来られる。断る気満々の桜花だったが初対面のはずの大翔に「とことん愛するから、覚悟して」と予想外の溺愛宣言をされて⁉　口説きMAXで迫る大翔に桜花は翻弄されっぱなしで…。一途な猛攻愛が止まらない【極甘婚シリーズ】第三弾♡

ISBN 978-4-8137-1605-1／予価748円（本体680円＋税10%）

Now Printing

『タイトル未定（ホテル王×バツイチヒロイン×偽装恋人）』高田《たかだ》ちさき・著

夫の浮気によってバツイチとなったOLの伊都。恋愛はこりごりと思っていたある日、ホテル支配人である恭也と出会う。元夫のしつこい誘いに困っていることを知られると、彼から急に交際を申し込まれて⁉　実は恭也の正体は御曹司。彼の偽装恋人となったはずが「俺は君を離さない」と溺愛を貫かれ…！

ISBN 978-4-8137-1606-8／予価748円（本体680円＋税10%）

Now Printing

『タイトル未定（心臓外科医×契約夫婦）』緒莉《おり》・著

小児看護師の佳菜は病気の祖父に手術をするよう説得するため、ひょんなことから天才心臓外科医・和樹と偽装夫婦となることに。愛なき関係のはずだったが――「まるごと全部、君が欲しい」と和樹の独占欲が限界突破！　とある過去から冷え切った佳菜の心も彼の溢れるほどの愛にいつしか甘く溶かされていき…。

ISBN 978-4-8137-1607-5／予価748円（本体680円＋税10%）

Now Printing

『契約結婚か　またの名を脅迫』山野辺《やまのべ》りり・著

OLの希実が会社の倉庫に行くと、御曹司で本部長の修吾が女性社員に迫られる修羅場を目撃！　気付いた修吾から、女性避けのためにと3年間の契約結婚を打診されて⁉　戸惑うも、母が推し進める望まない見合いを断るため希実はこれを承諾。それは割り切った関係だったのに、修吾の瞳にはなぜか炎が揺らめき…！

ISBN 978-4-8137-1608-2／予価748円（本体680円＋税10%）

タイトル、価格等は変更になることがございますのでご了承ください。

ベリーズ文庫 2024年7月発売予定

Now Printing

『タイトル未定(御曹司×契約結婚×離婚)』木下《きのした》杏《あんず》・著

ＯＬの果菜は恋愛に消極的。見かねた母からお見合いを強行されそうになり困っていた頃、取引先の御曹司・遼から離婚ありきの契約結婚を持ち掛けられ…!?　いざ夫婦となるとお互いの魅力に気づき始めるふたり。約束1年の期限が近づく頃――「君のすべてが欲しい」とクールな遼の溺愛が溢れ出して…!?

ISBN 978-4-8137-1609-9／予価748円（本体680円＋税10%）

Now Printing

『エリート外科医と再会したら、溺愛が始まりました。私、あなたにフラれましたよね?』夢野《ゆめの》美紗《みさ》・著

高校生だった真希は家族で営む定食屋の常連客で医学生の聖一に告白するも、振られてしまう。それから十年後、道で倒れて運ばれた先の病院で医師になった聖一と再会！　そしてとある事情から彼の偽装恋人になることに!?　真希はくすぶる想いに必死で蓋をするも、聖一はまっすぐな瞳で真希を見つめてきて…。

ISBN 978-4-8137-1610-5／予価748円（本体680円＋税10%）

タイトル、価格等は変更になることがございますのでご了承ください。